El millonario y ella
Sharon Kendrick

Editado por HARLEQUIN IBÉRICA, S.A.
Núñez de Balboa, 56
28001 Madrid

I.S.B.N.: 978-84-671-7335-2
Depósito legal: B-26239-2009
Editor responsable: Luis Pugni
Preimpresión y fotomecánica: M.T. Color & Diseño, S.L.
C/. Colquide, 6 portal 2 - 3º H. 28230 Las Rozas (Madrid)
Impresión y encuadernación: LITOGRAFÍA ROSÉS, S.A.
C/. Energía, 11. 08850 Gavá (Barcelona)
Fecha impresion para Argentina: 15.2.10
Distribuidor exclusivo para España: LOGISTA
Distribuidor para México: CODIPLYRSA
Distribuidores para Argentina: interior, BERTRAN, S.A.C. Vélez
Sársfield, 1950. Cap. Fed./ Buenos Aires y Gran Buenos Aires,
VACCARO SÁNCHEZ y Cía, S.A.
Distribuidor para Chile: DISTRIBUIDORA ALFA, S.A.

Capítulo 1

MADONNA *mia!*

Las palabras sonaron tan agrias como los limones sicilianos y tan sustanciosas como su vino, pero Jessica no levantó la cabeza de su tarea. Todavía tenía que fregar el suelo y el aseo del ejecutivo antes de marcharse a casa.

Además, mirar a Salvatore era una distracción. Movió la fregona sobre el suelo. Una distracción muy grande.

–¿Qué diablos les pasa a esas mujeres? –preguntó Salvatore acaloradamente, y sus ojos se achicaron al ver que no obtenía ninguna respuesta de la sombría figura que estaba en el rincón–. ¿Jessica?

La pregunta fue como el disparo de un revólver, y Jessica levantó la cabeza para mirar al hombre que le había disparado. Inmediatamente sintió atracción hacia aquella figura masculina, y confusa, se quedó petrificada.

Hasta ella, con su escasa experiencia con el sexo opuesto, se daba cuenta de que había pocos hombres como aquél, con ese aire de arrogancia y fuerte personalidad.

Salvatore Cardini... cabeza de la poderosa familia Cardini. Dominante, impulsivo, y objetivo de todas las mujeres de Londres, a juzgar por lo que comentaban los empleados.

–¿Sí, señor? –dijo Jessica serenamente.

No era fácil mantener la serenidad bajo aquella poderosa mirada y aquel brillo intimidante de sus ojos.

–¿No se ha dado cuenta de que le estaba hablando?

Jessica dejó la fregona en el cubo lleno de espuma y tragó saliva.

–Mmm... En realidad, no, no me he dado cuenta. Creí que estaba hablando solo.

–No –dijo él clavándole la mirada, en un perfecto inglés con acento extranjero–. No tengo costumbre de hablar solo. Estaba expresando mi rabia. Si usted tuviera cierta perspicacia se habría dado cuenta.

Lo que se deducía de aquel comentario, pensó Jessica, era que si ella hubiera tenido esa perspicacia no habría estado haciendo aquel trabajo.

En los últimos meses, desde que el influyente dueño de Industrias Cardini había venido de su Sicilia natal, Jessica había aprendido a adaptarse a las peculiaridades de su carácter. Si el señor Cardini quería hablar con ella, había que dejarlo que hablase. El suelo podía esperar. ¡No hacerle caso al dueño de semejante empresa era muy arriesgado!

–Lo siento, señor –dijo Jessica–. ¿Puedo ayudarlo en algo?

–Lo dudo –Salvatore miró la pantalla del ordenador–. Me han invitado a una cena de negocios mañana.

–Eso es algo bueno.

Salvatore giró la cabeza y la miró fríamente.

–No, no es bueno –se burló–. ¿Por qué los ingleses describen las cosas siempre como «buenas»? No es bueno, pero hay que hacerlo. Facilita los negocios con esa gente.

Jessica lo miró, descorazonada.

–Entonces, me temo que no entiendo cuál es el problema.

–El problema es... –Salvatore leyó nuevamente el correo electrónico y curvó los labios en un gesto de desdén–... que el hombre con el que estoy haciendo negocios tiene una esposa, una mujer ambiciosa, al parecer. Y ésta tiene amigas, muchas amigas. Y... –Salvatore volvió a leer la pantalla–. «Amy quiere conocerlo» –leyó–. «Y sus amigas también. Algunas de las cuales son muy guapas, ¡créame! No se preocupe, Salvatore, ¡que antes de fin de año lo veremos comprometido con una inglesa!»

–Bueno, ¿qué tiene de malo eso? –preguntó Jessica, tímidamente, aunque sintió una ridícula punzada de celos.

Salvatore resopló.

–¿Por qué a la gente le gusta tanto entrometerse en la vida de los demás? –preguntó Salvatore–. ¿Y qué diablos les hace pensar que necesito una esposa?

Jessica se encogió de hombros. No pensaba que su jefe quisiera una respuesta realmente, y además, ella no quería verse en la obligación de contestar aquella pregunta. Porque, ¿qué podía decirle? ¿Que ella sospechaba que la gente quería casarlo porque era rico, tenía contactos y era terriblemente apuesto?

No obstante los rasgos de su cara le parecían un poco duros, aunque era verdad que su boca era sensual, si bien apenas sonreía. Y su mirada era intensa y penetrante... Con lo atractivo que era podía perdonársele cualquier cosa.

Ella había visto a cantidad de mujeres sentirse atraídas por su presencia, y a los hombres observarlo con aprensión y respeto al mismo tiempo...

Y ella también lo había mirado, porque sencillamente era un gusto hacerlo.

Era alto y delgado. Debajo de su ropa se adivinaban unos músculos duros y un torso esplendoroso. Su cabello negro resaltaba aquella piel aceitunada y completaba su apariencia mediterránea.

Pero eran sus brillantes ojos azules los que sobresalían sobre todo... Tenían el color de un cielo claro o del mar en un día de verano. Ella misma se sentía un poco mareada a veces cuando él la miraba. Como en aquel momento.

Una leve arruga de impaciencia se había formado en las cejas de Salvatore Cardini. Lo que a ella le hacía suponer que él estaba esperando todavía su respuesta.

Distraída con su presencia, Jessica tuvo que hacer un esfuerzo por recordar exactamente qué le había preguntado.

–Quizás piensen que necesita una esposa porque usted es... Bueno, usted tiene la edad justa para casarse, señor.

—¿Eso cree? —preguntó él.

Jessica se sintió acorralada. Entonces agitó la cabeza.

¡Si ella no estaba en sus planes, sería mejor que permaneciera soltero!

—En realidad, no. Realmente no he pensado en su futuro como hombre casado. Pero ya sabe cómo es la gente. Cuando un hombre pasa de los treinta años, y creo que usted los ha pasado, todo el mundo espera que se case.

—Sí —dijo Salvatore, pensativo, y se pasó una mano por una zona de la mejilla que empezaba a estar áspera, a pesar de que se hubiera afeitado aquella mañana—. Exactamente. ¡En mi país es igual!

Salvatore agitó la cabeza impacientemente. ¿De verdad había pensado que las cosas serían diferentes en Inglaterra?

Sí, por supuesto que sí. Aquélla había sido una de las razones por las que había ido a Londres: para poder divertirse un poco sin complicaciones, antes de que llegara el inevitable momento de volver a Sicilia y elegir una esposa adecuada. Por una vez en su vida había querido escapar a todas las expectativas que inevitablemente acompañaban a su poderoso apellido, sobre todo en su pueblo natal.

Sicilia era una pequeña isla donde se conocían todos, y los comentarios acerca de cuándo y con quién se casaría el mayor de los Cardini habían preocupado a muchos durante mucho tiempo. En Sicilia, si lo veían hablando con una mujer durante más de un momento, sus padres deducían que podía haber boda.

Aquélla era la primera vez que vivía en un lugar distinto de su pueblo natal, pero después un tiempo relativamente corto había descubierto que, aun con su relativo anonimato en Inglaterra, las expectativas de la gente seguían siendo altas cuando se trataba de un hombre soltero y poderoso. Los tiempos cambiaban más despacio de lo que se creía, pensó.

Las mujeres maquinaban planes todo el tiempo cuando se trataba de un hombre viril con una cuenta bancaria aparentemente sin fondo.

¿Cuándo había sido la última vez que le había pedido el número de teléfono a una mujer?

No lo recordaba. ¡En aquellos tiempos las mujeres registraban su teléfono en sus móviles antes de que él ni siquiera les preguntase su apellido!

Salvatore tenía valores tradicionales acerca del papel de los sexos, y no lo ocultaba. Y para él los hombres debían ser quienes conquistasen a la mujer.

—No sé qué hacer, sinceramente —murmuró Salvatore suavemente.

Jessica no sabía si volver a agarrar la fregona otra vez. Probablemente, no. Él la estaba mirando como si esperase que dijera algo, y no era fácil saber qué responder. Ella hubiera sabido qué decir en caso de una amiga. Pero tratándose de su jefe, ¿podía ser tan sincera?

—Bueno, eso depende de las alternativas que tenga, señor —dijo Jessica diplomáticamente.

Los largos dedos de Salvatore repiquetearon sobre la superficie lustrosa de su escritorio.

—Puedo rechazar la invitación a la cena —dijo él.

–Sí, podría hacerlo, pero tendría que dar una razón –respondió ella.

–Puedo decir que tengo gripe, ¿no?

–En ese caso lo volverán a invitar en otra ocasión.

–Sí, eso es verdad. Bueno, en ese caso podría organizar la cena en otro momento de manera que sea en mi territorio y con una lista de invitados elaborada por mí.

–¿Y no sería eso una falta de educación? ¿El tomar tan obviamente el control de la situación? –dijo ella con cautela.

Él la miró, pensativo. ¡Algunas veces Jessica parecía olvidarse de quién era y le decía lo que pensaba en lugar de decirle lo que él quería oír! ¿Sería porque él había empezado a confiarle cosas, de manera que ocasionalmente se rompieran las reglas de la jerarquía?

Él se dio cuenta de que a veces le hablaba a Jessica de un modo que jamás habría utilizado con sus ayudantes o secretarias, porque él había visto en otras ocasiones los peligros que entrañaba aquello.

Una ayudante o una secretaria podían malentender sus confidencias, ¡pensando que aquello significaba que él quería compartir sus confidencias con ella el resto de su vida!

En cambio la distancia entre Jessica como limpiadora y él como director era demasiado grande como para que ella pensara de aquel modo. No obstante, a menudo ella daba en el blanco. Como en aquel momento.

Salvatore se echó atrás en la silla y pensó en las palabras de Jessica.

No quería ofender a Garth Somerville, el colega que organizaba la cena, ni decepcionar a su esposa ni a sus amigas... ¿Y qué problema había en que estuvieran presentes aquellas mujeres? No era la primera vez que había sucedido.

Pero no estaba de humor para ahuyentar mujeres depredadoras. Como el niño al que le ofrecen copiosas cantidades de caramelos, y se harta de ellos, aquellas mujeres no le apetecían. Daba igual lo guapas que fueran. El sexo ofrecido tan libremente y tan abiertamente no tenía el misterio que lo excitaba a él.

—Sí, sería una falta de educación —respondió Salvatore.

Casi sin que él se diera cuenta Jessica sacó un trapo y una botella de plástico de su mono y empezó a lustrar el escritorio.

—Entonces, parece que no le va a quedar más opción que ir —observó ella. Y echó un chorro de líquido con olor a limón en el escritorio.

Salvatore frunció el ceño.

No era la primera vez que se preguntaba cuántos años tendría Jessica. ¿Veintidós? ¿Veintitrés?

¿Por qué limpiaba oficinas para ganarse la vida? ¿Realmente estaba conforme con ir todas las noches allí con una fregona y un cubo y ponerse a limpiar mientras él terminaba su trabajo y firmaba cartas?

Salvatore la observó mientras ella trabajaba. No era que hubiera mucho que mirar. Jessica era una mujer pequeña y sencilla, y siempre tenía el cabello cubierto con un pañuelo que hacía juego con el horroroso mono rosa que llevaba. El atuendo le quedaba holgado y él jamás había reparado en ella como mujer. Nunca había pensado que había un cuerpo debajo de aquello.

Pero el movimiento de su brazo frotando vigorosamente en forma de círculo la superficie del escritorio, le hizo notar de pronto que la tela del mono se tensaba sobre sus pechos jóvenes.

Y de que había un cuerpo debajo. Sin duda se adivinaba un cuerpo con formas.

Salvatore tragó saliva. Fue lo inesperado de la observación lo que le golpeó, y lo hizo víctima de una punzada de lascivia.

—¿Me prepara un café? —preguntó él.

Jessica dejó el trapo y lo miró preguntándose si su famoso jefe de Industrias Cardini creía que ella tenía todo el tiempo del mundo o que su oficina se limpiaba sola.

Se encontró con sus ojos clavados en ella. Y no pudo reaccionar. Los hombres como aquél estaban acostumbrados a tener un montón de personas trabajando para ellos, sin notar siquiera su presencia.

Ella se preguntó qué le diría él si ella le decía que no estaba allí para hacer su café. Que no era parte de su trabajo. Que era un pedido sexista, y que él podía hacerse su café.

Pero no podía decirle eso al director de la empresa, ¿no?

Y aun si no tuviera en cuenta su posición de poder, había algo formidable en él que hacía que ella no se atreviera a hacerlo.

Jessica caminó hacia la máquina de café, lo preparó y se lo llevó al escritorio.

–Su café, señor –dijo.

Cuando ella se inclinó él sintió un aroma de líquido limpiador mezclado con perfume barato, una potente fragancia.

Durante un segundo, Salvatore la sintió penetrar sus sentidos. Y de pronto se le ocurrió una idea audaz, y dejó que ésta se abriese paso por un momento en su consciencia.

¿Y si llevaba a alguien con él a la cena? ¿Acaso una mujer colgada de su brazo no sería un mensaje claro para que todas aquellas mujeres lo dejaran tranquilo?

La lluvia siguió golpeando contra la ventana de la oficina del ático y Salvatore observó a Jessica agarrar el trapo y empezar a limpiar el polvo. Era como si hasta aquel momento ella no hubiera sido más que un borrador de mujer y ahora empezara a emerger como mujer real.

Su trasero tenía curvas, y sus caderas eran muy femeninas, de eso no había dudas. Por primera vez notó lo estrecha que era su cintura.

Él era un lince en los negocios, pero le gustaba tener toda la información posible a su disposición antes de tomar una decisión. Nunca actuaba por instinto solamente. Y Jessica podría no ser la persona adecuada para su objetivo en muchos sentidos.

–¿Cuántos años tiene? –preguntó él de repente.

Cuando ella se dio la vuelta él vio que sus ojos eran grises y que transmitían una increíble calma, como las piedras que a veces se encuentran en el fondo de una cascada.

Jessica intentó no mostrar su sorpresa. Era una

pregunta muy personal de un hombre que siempre la había tratado como si fuera parte del mobiliario. Su mano dejó la lámpara que estaba limpiando y el trapo cayó a su lado mientras ella lo miraba.

–¿Yo? Yo... Tengo veintitrés –contestó con inseguridad.

Él miró sus dedos desnudos. No llevaba alianza, pero no se podía estar seguro en aquellos tiempos.

–¿Y no está casada?

–¿Casada? ¿Yo? ¡Dios mío! ¡No, señor!

–¿No hay ningún novio celoso esperándola en casa, entonces? –insistió Salvatore.

–No, señor.

¿Por qué diablos quería saber aquello?, se preguntó ella.

Él asintió. Era como pensaba. Hizo un gesto hacia el cubo y preguntó:

–Y está conforme con este tipo de trabajo, ¿verdad?

–¿Conforme? Me temo que no comprendo realmente su pregunta, señor.

Él se encogió de hombros e hizo un gesto hacia el cubo y la fregona.

–¿No lo está? Usted parece inteligente –murmuró él–. Yo pensaba que una mujer inteligente y joven tendría más ambiciones que limpiar una oficina.

Sus palabras la hirieron. Le había hecho daño. Además de sonar paternalista, la describía como a un robot. Aquello no era más que otra prueba de su arrogancia y de su total falta de imaginación.

En silencio, Jessica contó hasta diez, sabiendo

que tenía varias opciones. Podía agarrar el cubo y tirárselo a la cabeza, la opción que más satisfacción le produciría, pero lo que sería un suicidio profesional...

O podía responder tranquilamente, inteligentemente, y tal vez, sólo tal vez, hacerle tragar sus palabras.

—No soy limpiadora a tiempo total.

—¿No lo es?

—No. No es que ser limpiadora tenga nada malo —dijo ella, defendiendo a la gran cantidad de mujeres que luchaban ferozmente por sacar adelante a sus hijos trabajando horas y horas, en las más adversas condiciones—. En realidad, tengo un trabajo durante el día. Trabajo para una empresa y estoy estudiando para ser gerente de oficina, pero... —su voz se apagó.

—¿Pero? —dijo él.

Ella miró sus ojos de zafiro.

—Mi trabajo no está bien pagado. Y vivir en Londres es caro. Así que completo mi salario con el trabajo de limpiadora —agregó Jessica—. Mucha gente lo hace.

No en su mundo.

Salvatore miró por la ventana nuevamente, preguntándose de qué color tendría el cabello debajo de aquel pañuelo. Podría llevarlo muy corto, pegado a la cabeza, en cuyo caso no le valdría para su misión, ¡porque a Salvatore Cardini no podían verlo con una mujer así!

—¿Cómo vuelve a su casa desde aquí? —preguntó él.

¿Cómo pensaba que viajaba? ¿En helicóptero?

–En autobús.

–Se va a mojar.

Ella siguió la dirección de su mirada.

Las gotas de lluvia se deslizaban por el cristal y la lluvia era tan intensa que apenas se veían los edificios de alrededor.

–Eso parece. Pero no hay problema. Estoy acostumbrada. ¿No dicen que el agua de lluvia es buena para la piel y que contrarresta los efectos negativos de la calefacción central?

Salvatore ignoró sus palabras.

–Haré que mi chófer la lleve a casa. Está afuera esperando que yo termine.

Jessica se puso colorada.

–No, de verdad, señor... Está bien. Tengo un impermeable con capucha...

–Acéptelo, simplemente, Jessica. ¿A qué hora termina?

–Generalmente sobre las ocho, depende de lo rápido que trabaje.

–Intente terminar a las siete y media.

–Pero...

–No hay discusión –Salvatore miró su reloj caro–. Está decidido.

Marcó un número en su teléfono y empezó a hablar deprisa en italiano, dándole la espalda, como si ella no fuera real.

Capítulo 2

JESSICA trabajó a ritmo rápido para terminar pronto.

Algo había cambiado, y no era sólo porque estuviera sola con Salvatore.

Se movía con timidez y reserva, como si por primera vez fuera consciente de su cuerpo delante de él. Y se le aceleró el latido de su corazón cuando se dio cuenta de lo que acababa de aceptar hacer.

Era como un sueño hecho realidad: que su atractivo jefe le insistiera para llevarla en coche a su casa en su limusina y su chófer.

¿Y qué? Quizás se tratase de un intento descarado de seducción de su jefe, ¿no?

Pero tal vez fuese mejor no hacer especulaciones y aceptar su generosidad, se dijo. Disfrutar la novedad de un viaje a casa en un lujoso coche.

A las siete y media Jessica carraspeó y dijo:

—Me voy a cambiar, señor. Eh... ¿Nos encontramos abajo?

—¿Mmm? —Salvatore alzó la mirada y achicó los ojos, como si se hubiera olvidado de que ella estaba allí.

—Sí, claro. ¿Dónde?

—¿Sabe dónde está la entrada trasera? Es un poco difícil de encontrar...

–La verdad es que no sé dónde está. Pero supongo que podré arreglármelas sin un mapa –dijo él–. El coche estará listo a la puerta, y no me gusta que me hagan esperar. Así que no tarde.

–No tardaré –dijo Jessica, y salió deprisa.

Su corazón latía aceleradamente mientras se quitaba el mono y se desataba el pañuelo, deseando llevar puesto otra cosa que una sencilla falda, un jersey y un chubasquero encima.

Pero aquél no era el tipo de trabajo donde tuviera que ir arreglada, se dijo.

Se quitó los zapatos planos y los guardó en su taquilla junto con el mono y el pañuelo, y luego se cepilló el cabello, que era su única arma. Éste cayó sobre sus hombros. Aunque tenía un color castaño no muy atractivo, su pelo era grueso y brillante.

Jessica se miró al espejo. Estaba pálida sin maquillaje, pero encontró el final de una barra de labios en el fondo del bolso y se lo aplicó.

Si se ponía maquillaje, ¿podría pensarse que ella estaba esperando algo de él?

Pero de pronto a Jessica no le importó.

Las mujeres tenían su orgullo, y aunque llevase ropa barata, quería estar lo mejor posible.

Afortunadamente, como había terminado un poco antes, no había nadie por allí. No había ninguna otra limpiadora que la acompañase a la parada de autobús, o peor, que la viera irse en un coche de lujo. Lo que parecería sospechoso a los ojos de cualquier otro miembro del personal, y no la dejaría en muy buen lugar.

Pero no había tiempo para dudas.

Él le había pedido específicamente que no se retrasara, así que ella agarró su bolso y se dio prisa en salir.

Y allí estaba la larga limusina, con su ronroneo de gato frente a la puerta trasera.

Jessica apretó los dedos en la tira del bolso mientras observaba al chófer uniformado. Éste le abrió la puerta del lujoso coche.

–Muchas gracias –dijo Jessica.

Intentó deslizarse en el asiento de atrás lo más decorosamente posible, algo que no era especialmente fácil, puesto que Salvatore estaba sentado en el otro extremo del asiento de piel. Tenía las piernas extendidas, los brazos cruzados, pero no le veía la expresión de la cara, ya que la limusina estaba en sombras. Pero notó el brillo de sus ojos observándola.

–Ha llegado por fin –murmuró él.

Salvatore sintió cierta decepción al verla. Su plan loco era eso: loco.

Con aquella ropa barata, y su cara pálida Jessica parecía lo que era simplemente: vulgar. De ninguna manera podía acompañarlo aquella joven a ningún sitio, excepto si lo acompañaba para ayudarlo con las bolsas de la compra hasta su apartamento. ¿Quién iba a creer que un hombre como él estaba saliendo con una mujer como ella?

Nadie.

–¿Dónde vive?

Jessica se irguió en el asiento.

–En Shepherd's Bush –le dio el nombre de la calle al chófer, quien luego cerró el cristal que dividía su espacio del de su jefe.

Así que se quedó sola con Salvatore, sintiéndose totalmente fuera de lugar.

Salvatore se sonrió interiormente al verla tan rígida y nerviosa.

¿Se creía que él iba a echársele encima? Si así era, ¡tenía una idea un poco equivocada de su atractivo!

—Relájese —dijo Salvatore suavemente.

Jessica se echó atrás en el asiento.

—Es muy amable por su parte llevarme a mi casa.

—No hay problema.

—¿Dónde... dónde vive, señor?

Era una pregunta muy personal, pero ella no sabía cuáles eran las normas que regían una situación como aquélla. ¡No podía pasarse todo el viaje preguntándole si estaba satisfecho con el nivel de limpieza de la oficina!

—En Chelsea.

Por supuesto. Tenía que vivir en la glamorosa Chelsea, con sus gloriosas mansiones y árboles esplendorosos en primavera.

—No quiero que se desvíe de su camino por mí, señor.

Lo de «señor» parecía inapropiado en aquella circunstancia, pero ella era una personita muy cuidadosa, pensó él.

Salvatore sonrió, se echó hacia atrás en el asiento y miró por la ventanilla.

—El chófer puede dejarme a mí primero, si se lo digo —dijo él fríamente—. Pero como hay partes de la ciudad que no conozco, veré este Shepherd's Bush por mí mismo.

Jessica simplemente sonrió.

Se preguntaba si debería conversar con su jefe y preguntarle si estaba disfrutando de su estancia en Inglaterra. Pero Salvatore Cardini parecía tener aversión a las conversaciones por educación sencillamente. Y además, él era el tipo de hombre a quien le gustaba dirigir la conversación, y no seguirla.

Salvatore se sintió cómodo con el silencio del coche. Sorprendentemente, ella no intentó llenarlo con charla. ¿Por qué las mujeres no veían nunca el valor del silencio e intentaban romperlo con innecesarias palabras?

La limusina fue disminuyendo la velocidad al doblar en una calle de casas adosadas.

—Es aquélla del final —dijo Jessica.

Se alegraba de que el viaje hubiera transcurrido sin ningún problema. Pero también se sentía extrañamente reacia a abandonar la suntuosa comodidad y salir al frío exterior.

—Es aquí mismo —señaló.

—La casa es suya, ¿verdad? —dijo Salvatore cuando paró el coche frente a una pequeña casa.

Jessica se giró hacia él.

¿Estaba loco?

No, sólo era rico. Y los ricos, ya se sabe, eran distintos. No era culpa suya que no supiera cómo vivía la gente como ella.

Jessica agitó la cabeza.

—La propiedades son muy caras en Londres. Alquilo la casa. De hecho, la comparto con otras dos chicas, Willow y Freya. Willow trabaja en la industria de la moda y Freya es azafata de vuelo, así que está mucho tiempo fuera.

Pero Salvatore no estaba escuchando realmente.

Tal vez fuera porque la lluvia había parado finalmente. O porque la luna había aparecido por detrás de una nube oscura. Pero era increíble lo que podía hacer una pequeña luz.

Porque él se encontró mirando la cara de Jessica, una piel pura y limpia. Sus ojos grises estaban iluminados por aquella misma luz, lo mismo que el sutil brillo de su boca. Inesperadamente, sus ojos y su boca cobraron una gran dimensión, y su apariencia de chica pobre de pronto se desvaneció de su memoria.

–¿Está ocupada mañana por la noche? –preguntó él de repente.

Jessica pestañeó.

–No, ¿por qué?

–¿Le apetecería acompañarme a la cena de la que le he hablado?

–¿Quiere decir como su invitada? –preguntó ella, sorprendida, con voz temblorosa.

¿Qué se imaginaba ella? ¿Que la iba a llevar como limpiadora personal? Pero al menos con Jessica podía ser directo. Una chica como ella no malinterpretaría la situación, pero era mejor aclarársela.

–Sí, por supuesto –dijo él con impaciencia–. Pero lo que en realidad quiero es que actúe como si fuera mi novia...

–¿Su *novia*? –lo interrumpió.

–Se trata sólo de una pequeña simulación –murmuró él–. Sin ninguna exigencia. Que me mire a los ojos un poco. Que me mire como adorándome cada tanto. ¿Qué le parece? ¿Podría representar el papel sin que le cause mucho problema?

Salvatore la miró burlonamente porque sabía que no había mujer sobre la Tierra a quien una tarea semejante le resultara imposible.

–Se trata de ahuyentar a las depredadoras de una vez por todas, y hacerles saber que si quiero una mujer, la elegiré yo mismo.

–¡Pero debe de haber montones de mujeres dispuestas a hacerlo! –exclamó Jessica.

–Sí, un millón por lo menos –respondió él con humor–. Pero ninguna de ellas me pareció adecuada por distintas razones.

La principal era que lo veían como materia prima para marido, algo que ella jamás pensaría.

–Pero, ¿no...? ¿No sería un poco increíble que alguien como yo salga con una persona como usted?

–Posiblemente. Si estuviera vestida así sería muy difícil.

–No me pongo mis mejores ropas para ir a trabajar –respondió ella, herida.

–¿Quiere decir que podría ponerse algo adecuado para una ocasión como ésta?

Ella estuvo tentada de decir que no, para librarse de aquella situación. Pero estaba segura de que Salvatore no iba a dejarla escapar ahora que se había decidido a asignarle aquel extraño trabajo. Si ella decía que no tenía nada que ponerse, ¿no pensaría él que lo hacía para que le regalase algo? El hecho de que limpiase una oficina no significaba que no pudiera mejorar su apariencia.

Y además, estaba fascinada con la idea de acompañarlo a la fiesta.

—Por supuesto que tengo algo adecuado para ponerme —dijo, orgullosa—. Pero no he dicho que iría, señor.

Aquello lo hizo sonreír. Sería una tonta si pensaba que podía jugar con él. Podía conseguir que ella hiciera lo que él quisiera con un solo movimiento de su dedo.

—Pero creo que lo harás, ¿no es verdad, Jessica? Y ya que estamos en ello, creo que deberías dejar de decirme «señor», ¿no crees? En estas circunstancias sería como delatarme.

Él estaba tan cerca que ella podía ver la luz de la luna en el brillo de sus ojos azules y sentir su calor animal, el aroma de su jabón y de su masculinidad...

Tan cerca, Salvatore era... irresistible.

¿Estaba jugando con fuego?, se preguntó ella.

—Sí, iré —dijo ella y salió del coche antes de que ninguno de los dos pudiera cambiar de parecer.

Capítulo 3

ADÓNDE has dicho que vas mañana? –preguntó Willow, incrédula.

–A cenar fuera –respondió Jessica quitándose la holgada cazadora–. Con Salvatore Cardini.

Willow abrió los ojos, inmensos.

–¿Te refieres a Salvatore Cardini, el millonario playboy dueño de esa empresa donde limpias por las noches?

–Sí.

–¿Estamos hablando del mismo hombre? –insistió Willow.

–Bueno, sí.

–¿Te das cuenta de que es un playboy internacional con fama de rompedor de corazones?

–Sí, no hace falta que me lo digas.

–¿Al que persiguen las revistas?

–No lo sabía, Willow, pero me da igual. Sé que trabajas para una revista de ésas, y que te encantaría una exclusiva, pero no la conseguirás a través de mí. Salvatore es mi jefe. Una de las razones por las que tengo ese trabajo es porque soy discreta.

–¡Pero si es un trabajo horrible!

–¡Pero puedo pagar mis gastos gracias a él! –contestó Jessica.

Y pensó en lo que pagaba por su pequeña habitación en aquella casa de tres dormitorios. Pero ella, a diferencia de Willow y Freya, no contaba con ayuda familiar en caso de que su economía estuviera en apuros.

—Quizás en algún momento podrías decirle que una amiga tuya estaría encantada de hacerle una entrevista. Te estaría eternamente agradecida —Willow agitó su elegante cabeza—. ¡Y te ha invitado a salir! ¡Es increíble!

Jessica comprendía la incredulidad de su amiga.

—Es un poco increíble, sí —admitió Jessica.

—Entonces, ¿por qué lo ha hecho?

Jessica puso una bolsita de té en una taza de agua hirviendo.

—Supongo que simplemente quiere un poco de compañía —mintió.

Le resultaba demasiado humillante admitir la verdad frente a su compañera.

—Sí, pero...

Jessica se dio la vuelta.

—¿Pero qué, Willow? ¿Qué hace un hombre como él con una chica pobre y sencilla como yo, quieres decir?

—No, no he querido...

—Sí, lo has querido decir. Y es más, tienes razón. ¿Crees que yo no lo he pensado?

Jessica se fue al salón con la taza de té y se sentó en el desvencijado sofá. Willow la siguió.

—Esta gente con la que tiene que cenar siempre está tratando de casarlo con alguien. Así que me va a llevar para que dejen de agobiarlo —vio la cara de

Willow y supo que tenía que ampliar la explicación–. Y presumiblemente me ha escogido a mí porque sabe que no voy a tener falsas expectativas. Porque conozco cuál es mi lugar. Y sabe que no voy a esperar nada más.

–¿Te va a pagar? –preguntó Willow.

Jessica agitó la cabeza.

–Lo dices como si yo fuera una persona avariciosa.

–No, no es eso. Pero creo que le estás haciendo un favor muy grande a él. Entonces, ¿qué sacas tú con esto?

–Supongo que participar de otro tipo de vida por un momento. Siempre he estado mirando desde el otro lado. El único problema es que no sé si encajaré en él y qué ropa ponerme –miró a Willow, esperanzada–. He pensado que quizás podrías ayudarme.

Willow, que era por lo menos cuatro centímetros más alta y varios kilos más delgada, sonrió.

–Oh, creo que puedo ayudarte. No te preocupes, Jessica Martin... ¡Haremos todo lo posible para impresionarlo!

Al día siguiente Jessica no almorzó para poder marcharse de la oficina temprano y pasar más rato en el cuarto de baño.

Se hizo una pequeña herida cuando se estaba afeitando las piernas y se puso nerviosa cuando el agua de la bañera se le enfrió y el cielo fuera se oscureció.

Delante del ojo crítico de Willow se debía de haber probado veinte vestidos diferentes hasta encontrar uno con el que se había sentido cómoda como para llevarlo puesto. Había rechazado automáticamente todo lo que le quedaba demasiado apretado o demasiado corto porque había pensado que aquello la haría parecer vulgar.

Cuando llegaron las ocho sus manos estaban temblando de nervios, y cuando sonó el timbre, no le sorprendió oír gritar a Willow:

–¡Voy yo!

Se puso perfume, se miró por última vez en el espejo y fue al encuentro de su jefe.

Lo vio de pie al lado del sofá hablando con Willow.

Y en el momento en que Jessica miró los ojos azules zafiro de su jefe, supo que sus nervios estaban justificados. ¡Salvatore estaba irresistible!

Llevaba un esmoquin impecable que destacaba sus largas piernas y sus caderas estrechas y atractivas. Se notaba que llevaba ropa cara. Tenía un aire urbano y aspecto de estar tan fuera de su alcance que ella se sintió insignificante. Se puso más nerviosa todavía. De pronto se sintió torpe. ¿De qué diablos le iba a hablar?

–Hola, Jessica –dijo él suavemente.

–Ho... Hola.

–Estás muy... distinta –agregó él lentamente.

–Bueno, ¡eso es un alivio! –exclamó ella y vio la mirada de advertencia de Willow.

Si se pasaba toda la noche destacando las diferencias entre ellos, la velada resultaría un desastre.

–Mm... Gracias –agregó Jessica.

Salvatore la observó recoger su abrigo.

El vestido de seda negro era un poco conservador, pero le gustaba aquello... Y acentuaba una buena figura. Sus ojos se achicaron. Una muy buena figura, ciertamente.

Su cabello era grueso y brillante, y le caía como una cascada alrededor del cuello. Ella tenía un aspecto mejor del que él había imaginado, aunque seguía estando a años luz de su tipo normal de mujer.

Pero era extraño cómo podía cambiar la opinión de alguien en un segundo. Porque de pronto se vio mirando su trasero cubierto de seda. Y sintió una punzada de deseo que disimuló agarrando su abrigo y ayudándola a ponérselo.

–Déjame que te ayude... –le dijo.

Jessica había crecido en un mundo donde hombres y mujeres se consideraban iguales. Ningún hombre de los que conocía le habría abierto una puerta ni le habría ayudado a ponerse un abrigo. Y mientras deslizaba sus brazos por las mangas reflexionó sobre lo curioso que era que un gesto tan mínimo fuera tan seductor.

¿Estaba imaginando el roce de las manos de Salvatore o era real? ¿Había tenido intención de tocarla de aquel modo?

Su corazón empezó a acelerarse.

–Vamos –dijo él–. Mi coche está fuera.

–Adiós, Salvatore, encantada de conocerte –dijo Willow con una sonrisa–. Espero volver a verte.

Caminaron hacia la limusina que estaba esperando.

En el momento en que el chófer abrió la puerta del vehículo Jessica miró la cara del siciliano y vio que ésta estaba en sombras a la luz de la luna.

–¿Les... Les ha dicho que iba a llevar a alguien?

–Sí.

–¿Y qué dijeron?

Salvatore le puso la mano en la espalda y la hizo entrar en el coche, preguntándose si aquello habría sido buena idea.

¿Sería Jessica demasiado poco sofisticada para salir airosa de la velada?

–Da igual lo que digan –dijo él mientras la limusina se sumergía en el tráfico.

Pero en aquel momento, al verla cruzarse de piernas, en lo único que pudo pensar fue en adivinar si llevaba medias o pantys.

«Tal vez lo descubras más tarde», le dijo una voz interior. Y Salvatore juró en silencio por aquel pensamiento.

En aquel momento sonó su teléfono móvil.

Salvatore se pasó todo el viaje con una llamada durante la que habló en italiano muy rápidamente, lo que a ella la hizo sentir más ajena a todo aquello.

Y aquel sentimiento se intensificó cuando el coche paró en Knightsbridge, delante de una casa enorme, con aspecto de mansión de película.

–¡Oh, Dios mío, es enorme! –exclamó ella.

Él la miró.

–Es sólo una casa –respondió él.

Dentro había personal uniformado que la ayudó a quitarse el abrigo y alguien que los acompañó hasta donde estaban los invitados. Éstos la miraron al verla llegar con Salvatore. El salón era impresionante, notó ella.

Jessica apenas prestó atención a la infinidad de nombres y caras que le presentaron. Sólo se dio cuenta de que había hecho mal en elegir un vestido negro puesto que era el color que llevaban los camareros.

Sus anfitriones eran Garth y Amy y había dos mujeres llamadas Suzy y Clare, que parecían interesadas en Salvatore.

O sea que era verdad que le querían tender una trampa.

Las dos mujeres se acercaron a él.

–Hola, Salvatore. Nos conocimos en Montecarlo, ¿no me recuerdas? Me acuerdo que te comenté que Sicilia era mi lugar favorito de todo el mundo –dijo Suzy.

Jessica fingió no prestar atención, aunque intentó escuchar la respuesta de Salvatore. Sintió una punzada de celos, pero se reprendió diciéndose que los celos estaban fuera de lugar en aquella situación.

–¿Champán? –le ofreció Garth–. Es una buena cosecha.

–Sí, por favor –sonrió Jessica, como si bebiera buen champán todos los días.

Jessica bebió un sorbo y empezó a charlar con Jeremy, un invitado que a pesar de su apariencia, resultó ser una persona muy poderosa en los círculos financieros.

–¿Y tú qué? ¿Trabajas?

Jessica supuso que aquél era un mundo en el que las mujeres no tenían que trabajar. Pero contestó:

–Oh, sí... Soy...

Ella no se había preparado para aquel interrogatorio.

En aquel momento levantó la mirada y se encontró con la de Salvatore.

–Jessica está estudiando para ser gerente –dijo él.

Ella lo miró, sorprendida. ¿Recordaba aquello?, se preguntó.

–Oh, ¿es así como os habéis conocido? –intervino Clare–. ¿En la oficina?

Jessica miró a Salvatore. «Di lo que quieras», parecía decirle él.

–Algo así –dijo Jessica, y se puso colorada.

Salvatore escondió una sonrisa. Era perfecta para el papel, pensó. El modo en que se había ruborizado le daba un aspecto de mujer tímida y dulce, a quien le diera vergüenza admitir un romance nacido en la oficina. De manera que ni Clare se atrevió a seguir preguntando.

–Vamos a cenar, ¿os parece? –dijo Amy.

La mesa estaba puesta. Había vajilla de cristal y cubiertos de plata, y estaba adornada con rosas blancas en pequeños floreros.

En el momento en que ella desató la servilleta y se la puso en el regazo se preguntó si le presentarían comida que jamás había comido y que no supiera cómo comer.

Afortunadamente no les sirvieron ostras ni alcachofas, y ella pudo concentrarse en la conversación.

Las mujeres no parecieron sentirse intimidadas por el hecho de que Salvatore hubiera llevado a una acompañante. Coqueteaban con él todo el tiempo.

Y ella tuvo que charlar con el hombre que tenía a su lado.

Ella no entendía nada de banca ni de acciones, pero le hizo muchas preguntas a Jeremy acerca de sus hobbys. Y resultó que al hombre le encantaba pescar, y se entusiasmó hablando de la pesca.

En un momento dado ella preguntó:

–¿Lombrices de mar o de tierra?

Se hizo un silencio en la mesa.

Jessica miró a Salvatore. Sus ojos se achicaron.

–¡Están hablando de gusanos, puaj! –exclamó Clare, teatralmente.

–Te gusta pescar, ¿no, Jessica? –preguntó Salvatore suavemente.

Jessica se puso colorada.

–Oh, he pescado un poco de pequeña.

En aquel tiempo en que sus padres estaban vivos y los días parecían llenos de sol y alegría. Su madre la solía llevar a la orilla del río y Jessica se sentaba solemnemente con una caña de pescar.

–Debes haber sido un poco marimacho –dijo Suzy.

Jessica se sintió en una de esas horribles pesadillas en que todos te miran y esperan una respuesta de ti, y tú no eres capaz de articular una sola palabra.

Sólo que aquélla no era una pesadilla y ella podía hablar.

Así que no debía dejar que aquella mujer la intimidase sólo porque estaba loca por Salvatore.

—Me gustaba trepar a los árboles, pescar y nadar en el río, sí. Pero nunca los he considerado pasatiempos exclusivos de los chicos, ¿por qué iba a ser así si eran tan divertidos?

—¡Bravo! —exclamó suavemente Jeremy y se rió.

Ella se sintió tranquila durante el resto de la comida, sobre todo cuando Jeremy la invitó a pescar en Hampshire, donde al parecer era dueño de una zona acotada del río. El hombre le dio una tarjeta cuando se despidieron.

Pero su alegría se evaporó cuando se cerró la puerta del coche y se quedó a solas con Salvatore.

Él la miró detenidamente como si estuviera evaluando su potencial.

—Así que éste es el pequeño ratón inglés en acción... —murmuró Salvatore.

—¿Qué... Qué se supone que quiere decir eso? —preguntó ella.

—Una mujer callada, discreta... Luego deja a un lado su mono y se convierte en una tentadora...

—¿Tentadora? —repitió Jessica—. No creo...

—Ah, pero tentaste a Jeremy, eso ha quedado claro —murmuró Salvatore—. Y me estás tentando a mí ahora.

Ella intuyó el peligro demasiado tarde, y demasiado tarde adivinó el brillo sexual en sus ojos.

Era demasiado tarde para todo, porque en aquel momento Salvatore Cardini la estrechó en sus brazos y empezó a besarla con una pasión que la dejó muda.

Capítulo 4

POR UN momento Jessica pensó que aquello no era real.

Su beso estaba despertando todos sus sentidos. Era como si hasta entonces sólo hubiera sido una sombra de sí misma.

Su boca sabía a vino, a deseo, a promesa. Jessica abrió la suya para entregarse a él y sus manos se deslizaron hacia sus hombros, como si tuviera miedo de que se fuera a caer. Pero esa sensación fue la que tuvo, como si fuera a perder el equilibrio.

—Salvatore —dijo ella.

Se dio cuenta de que era la primera vez que usaba su nombre, pero seguramente aquella situación exigía que lo llamase así.

—¿Sí? —dijo él, agarrándola de la cintura, y deslizando sus manos por debajo del abrigo, por encima de la seda.

Las llevó hasta sus pechos y se los agarró con suavidad. Luego acarició sus pezones por encima de la seda.

—¡Oh! —exclamó ella, sorprendida y extasiada.

Él acarició sus caderas, su trasero, la curva de sus muslos. Su deseo de pronto se vio truncado por un golpe de realidad. Aquello era una locura, se dijo. Aquello no era lo que él había tenido intención de hacer. En absoluto.

¿Era por ello que de pronto se le hacía tan excitante? ¿Porque le gustaba controlar la situación y en aquélla había perdido el control?

—Dime qué te gusta hacer, *cara* —susurró—. Muéstrame lo que te gusta.

Ella le besó el cuello. Al parecer, no podía reprimirse.

—Salvatore... —susurró otra vez.

Su mano estaba encima del muslo de él. Salvatore giró la cabeza y dijo:

—No vivo lejos de aquí. Venga... ¡Vamos a mi casa!

Sus palabras de deseo penetraron la consciencia de Jessica mientras sus dedos se entrelazaban en la seda de su pelo. Jessica se sintió como si estuviera en una escalera mecánica que la estuviera llevando a un placer inesperado. Pero aunque su cuerpo se entregaba a las sensaciones, de pronto sintió la primera protesta de su mente ante aquello.

—Salvatore...

—¿Mmm?

Los labios de Salvatore estaban en la base de su cuello en aquel momento, emprendiendo el camino hacia sus pechos. Y ella contuvo la respiración. No quería romper el encanto de aquel momento, haciendo caso a su conciencia y sus dudas.

Pero sin embargo, aquellas preocupaciones y dudas persistían.

—No debo...

–Sí, debes –sonrió él pasando la punta de su lengua por su piel–. Lo deseas. Sabes que es así.

–¡Tú...Oh!

Vio el techo del coche y se dio cuenta de que la estaba seduciendo en el asiento de atrás de la limusina.

Cuando sintió la mano de Salvatore en su muslo fue cuando la realidad la golpeó como si fuera un cubo de agua helada.

Y Jessica se soltó de sus brazos, y se refugió en un rincón, mientras lo miraba como si se encontrase a solas con un depredador.

–¿Qué...? ¿Qué diablos estás haciendo?

–Lo sabes perfectamente. Voy a hacerte el amor.

Jessica tragó saliva.

–¡No lo harás!

–¡Pero tú quieres que lo haga!

Su arrogancia y seguridad la disgustaban, pero lo peor era que era cierto lo que decía. Ella lo deseaba, más que a nada en el mundo.

Pero, ¿cuál era el precio? ¿Su dignidad? ¿Su trabajo?

Jessica tiró del vestido de seda que tenía levantado y dijo:

–Quizás, por un momento te he deseado. ¡Pero esto no era parte del plan de esta noche!

–¿No? –dijo él un poco molesto porque ella hubiera cortado aquel juego, y por el hecho de que una mujer lo estuviera rechazando.

No podía creerlo. ¡Y una mujer como aquélla!

–No sabía que había un plan trazado para la noche.

–Eso no es lo que he querido decir, ¡y lo sabes! –respondió ella.

–¿No?

–¡No! –de pronto Jessica se enfadó, no sólo consigo sino con él–. ¿Crees que me acostaría contigo de cabeza? –preguntó ella.

–Creo que has estado a punto de hacerlo, Jessica.

–¿Crees que lo único que tienes que hacer es llevarme a una fiesta elegante en un coche con chófer para que yo esté tan agradecida que me acueste contigo?

Salvatore se estaba cansando.

–No lo he planeado –le contestó él–. No ha sido una situación que he anticipado.

Aquello la molestó más todavía. ¿Estaba diciendo él que ni había considerado la posibilidad de encontrarla atractiva como para querer seducirla?

¿Era aquélla la razón por la que la había elegido a ella? ¿Porque no suponía ninguna tentación?

Se alegraba de haber visto la realidad antes de que hubiera sido tarde.

–Somos simplemente un hombre y una mujer –dijo él–. Y a veces la pasión aparece cuando menos la esperas.

Mientras Salvatore hablaba le quitó un mechón de pelo de la cara. Y aquel gesto tierno casi convence a Jessica, porque era el gesto que se esperaba de un amante, aunque ella no entendiese mucho de amantes.

Si hubiera dejado que Salvatore le hiciera el

amor en aquel momento, se habría arriesgado a que él la tratase como a un trapo viejo. Que la dejara en cuanto se cansara de ella, en cuanto la hubiera usado.

Y al día siguiente su deseo habría desaparecido.

Ella echó la cabeza hacia atrás y dijo:

—Tal vez sea así como se hacen las cosas en tu mundo. Pero no en el mío.

Él buscó en su rostro alguna indicación de que aquello fuera una farsa, un juego femenino para lograr atraerlo. Pero Salvatore no vio ninguna.

¡Aquello era peor que volver a Sicilia!

¿De verdad ella pensaba que él empezaría a cortejarla? ¿Que ella le otorgaría ciertos derechos cada noche? ¿Una noche, un beso. Otra, los pechos. Hasta que le dejara tener todo su cuerpo?

—Si crees que esa resistencia te hará irresistible a mis ojos, te equivocas, *cara*.

Jessica sintió rabia.

—Oh, no se preocupe, señor Cardini —respondió Jessica. No le importaba que pudiera perder el trabajo en aquel momento—. ¡No he pensado en ningún juego! Creía que mi cometido era representar el papel de acompañante en una cena, no ser seducida en el asiento de atrás de un coche! Y ahora, si no le importa, me gustaría volver a casa.

Hubo un momento de silencio mientras sus palabras hacían su impacto en él.

—Creo que te olvidas de quién eres, *cara mia*. Te llevarán a casa. Pero después de que el chófer me lleve a mí.

Apretó un botón y le dio instrucciones al chófer.

Luego sacó unos papeles de un bolsillo y después de encender una luz se puso a trabajar con ellos, como si se hubiera olvidado de que ella estaba allí.

Capítulo 5

LO MÁS loco era que Salvatore no podía quitarse a Jessica de la cabeza, lo que no tenía sentido.

¿Cómo era posible que una sola y torpe cita tuviera como resultado que él no pudiera dejar de pensar en su maldita mujer de la limpieza?

Era incapaz de quitarse de la memoria sus ojos grises, su piel pura y el decadente placer de aquellos deliciosos pechos.

La luz se reflejó en su afeitadora mientras miraba en el espejo sus ojos azules y su mejilla oscurecida por la incipiente barba. Achicó los ojos. Desde el punto de vista racional reconocía que su atracción hacia ella había sido motivada porque ella lo había rechazado. Él estaba acostumbrado a que las mujeres le bailaran alrededor, intentasen seducirlo, ¡y hasta le rogasen que les hiciera el amor!

Jessica lo intrigaba porque en un mundo donde una cosa era predecible, es decir, su efecto en el sexo opuesto, lo inesperado siempre tendría el poder de tentarlo.

Entonces, ¿aquello era un juego de Jessica para conquistarlo? ¿Y el juego era dejarlo tocar un poquito, pero no demasiado? ¿Darle un bocado para probar, pero dejarlo con hambre?

Salvatore fue al club a nadar durante una hora, tuvo una reunión a la hora del desayuno en una sala iluminada por lujosas arañas de cristal con un ventanal que daba a Hyde Park y recibió una llamada de Australia de un banquero antes de que la mayoría del mundo estuviese despierto. Pero no obstante, seguía inquieto.

¿Cómo era posible que una sencilla y pequeña limpiadora supiera cómo manejar cualquier tipo de hombre, y sobre todo a un hombre como él?

Todo el día estuvo distraído, aunque fue lo suficientemente astuto como para no tomar ninguna decisión hasta que el infernal perfume de Jessica abandonase sus sentidos. Era una esencia que le resultaba desconocida, algo que le recordaba a la primavera y que se había adherido a su piel la noche anterior hasta que él se la había quitado vigorosamente con agua debajo del chorro de la ducha fría.

–¡*Maledizione*! ¡Maldita sea!

Giovanni Amato, un viejo amigo de Sicilia, iba a volar desde Nueva York y Salvatore había acordado con él que se verían para cenar. Sin embargo, se sintió extrañamente aliviado cuando la secretaria de Giovanni llamó para decirle que su vuelo se había demorado, y que se le había hecho tarde.

–Dígale que me llame –dijo Salvatore–. Dejaremos la cena para otra noche.

Cuando Salvatore colgó sintió una mezcla de excitación y desprecio por sí mismo. No era posible que estuviera esperando quedarse por allí hasta que apareciera la pequeña don nadie aquella noche, ¿no?, se preguntó, furioso.

Pero así era, reconoció.

Miró su reloj. Y eso si ella se dignaba a aparecer.

Acababa de firmar la última pila de cartas y estaba guardando su pluma cuando oyó el ruido de la puerta detrás de él.

Salvatore se puso tenso, aunque no se movió. No se atrevió a moverse. Hacía mucho que no sentía aquel deseo instantáneo por una mujer y quería prolongarlo, sabiendo que en el momento en que se diera la vuelta su fantasía se derrumbaría. Ya no estaría mirando a la mujer que le había hecho sentir excitado toda la noche sino a una pequeña e insignificante trabajadora de la oficina.

Salvatore giró la silla para mirarla.

—Hola, Jessica —dijo suavemente.

Jessica apretó su mano sobre el cubo y la fregona y se quedó inmóvil, mirándolo.

¡Salvatore todavía estaba allí!

Ella había esperado hasta el último momento para marcharse para estar segura de que Salvatore ya no estaba allí, pero su plan no había resultado.

Él estaba allí con sus ojos azules de hielo burlándose de ella, haciéndole recordar la noche anterior. ¡Haciéndole recordar lo que casi había sucedido en su coche!

¡Aquello era una pesadilla!

Ella había estado tentada de llamar por teléfono a Top Kleen y decirles que se encontraba enferma. E incluso se le había cruzado por la cabeza dejar el trabajo y buscar en otra agencia que no trabajase con un cliente como Cardini. Pero nadie le garantizaba un entorno de trabajo tranquilo donde no la distrajeran con ridículas fantasías.

Además Jessica tenía una ética en el trabajo que la hacía rechazar tal actitud, y un orgullo obstinado que insistía en que ella no había hecho nada malo. Nada de qué avergonzarse.

Entonces, ¿dónde estaba aquella intensa convicción en aquel momento?

Miró a Salvatore. Éste tenía un brillo sardónico en los ojos. La vista de aquel cuerpo masculino duro que se había apretado contra el de ella la noche anterior le traía intensos recuerdos.

¿Qué le iba a decir cuando su último encuentro había terminado en un silencio helado?

«Actúa normalmente», se dijo. Como si no sucediera nada. Como si lo hubiera borrado de la memoria, como probablemente lo hubiera borrado él.

Jessica carraspeó.

—Buenas noches —dijo ella, insegura.

Salvatore sonrió burlonamente para sí. Así que habían vuelto al «señor», ¿no?, pensó.

Salvatore la miró. Llevaba el mismo mono rosa de siempre y el pelo oculto en un pañuelo rosa. Tenía la cara sin maquillaje y los ojos grises parecían alerta. Tenía el aspecto de siempre, pero no obstante algo había cambiado.

¿En él?

¿Era porque él había besado aquellos labios desnudos y había entrelazado sus dedos en su brillante cabello, oculto ahora, lo que le hacía ser

consciente de su presencia como nunca antes?
¿Era porque ahora conocía las lascivas curvas e
inesperadas tentaciones del cuerpo que había debajo de aquel poco favorecedor atuendo?

–¿Has dormido bien? –preguntó Salvatore suavemente.

Jessica se puso colorada, algo que la puso furiosa. No, por supuesto que no había dormido bien.
Se había pasado toda la noche dando vueltas en la
cama, y había tenido que levantarse a prepararse
una manzanilla, porque no podía quitarse a Salvatore de la cabeza.

Había sido el recuerdo de su beso lo que más la
había turbado. Aquel beso la había hecho estremecer, y daba la casualidad de que se lo había dado
un hombre para quien ella no era más que alguien
que le había venido bien en un momento dado.

Ella se preguntaba si él era lo suficientemente
astuto como para darse cuenta de lo horrible que
estaba ella. ¿Notaría sus ojeras si le decía que había dormido muy bien?

–No, la verdad es que no –contestó ella brusca-
mente.

–Yo, tampoco. Di vueltas toda la noche –Salvatore se echó atrás en la silla y la miró detenidamente–. Pero supongo que no debería extrañarnos,
¿no, *cara*?

Ella hubiera preferido que no usara aquel tono
profundo en su voz. Y que no la mirase de aquel
modo, como si tuviera derecho a desnudarla con la
mirada.

«Compórtate como lo harías normalmente, y

tarde o temprano se cansará del juego y te dejará en paz», se dijo ella.

–No, no es de extrañar –dijo Jessica malinterpretando sus palabras deliberadamente mientras agarraba una botella de limpiador–. La cena fue muy pesada.

–Pero tú apenas comiste nada en toda la noche –le recordó él.

–Me sorprende que te hayas dado cuenta –dijo Jessica.

–Oh, claro que me di cuenta –la miró provocativamente–. Como me di cuenta que Jeremy Kingston estaba encantado contigo.

–Sólo porque le pregunté cosas sobre pesca. Dice que está harto de que la gente sólo se interese por saber cuál será el siguiente banco del que se hará cargo.

–¿Sabías que Jeremy es uno de los hombres más poderosos de Europa? –preguntó Salvatore fríamente.

–No, por supuesto que no. Las finanzas no sólo no me interesan, sino que me dan dolor de cabeza. Y ahora, si no te importa, ¿puedo empezar a trabajar?

–Tú no preguntas normalmente.

Normalmente no recordaba el tacto de sus manos y de sus labios.

–No, pero en este caso he pensado hacer una excepción.

Agarró el cubo y caminó hacia el lavabo, sabiendo que él la estaba observando mientras pasaba, como si fuera un gato astuto que esperase abalanzarse sobre un indefenso ratón.

Jessica abrió el grifo.

Salvatore oyó el ruido del agua corriendo.

¿Qué había esperado? ¿Que ella coquetease un poco con él? ¿Que se desabrocharía unos botones y mostrase un poco de escote? ¿O que actuase con aquella timidez que usaban a veces las mujeres y que era tan irresistible?

¡Pero ella se estaba comportando como si no hubiera sucedido nada!

Pero la verdad era que no había pasado nada, le recordó su cuerpo insatisfecho.

–Tú no sueles huir de mí normalmente, ¿no, Jessica?

Jessica se dio la vuelta, y se puso colorada. Él parecía dominar todo el espacio. De pronto su valentía pareció abandonarla.

–No –reconoció ella.

–Como no sueles mirarme así tampoco, como si fuera el lobo feroz.

Jessica intentó poner un gesto normal. Pero, ¿cómo iba a lograrlo si en lo único que podía pensar era en que él era irresistible?

–¿No?

Él sonrió.

–Sabes que no –dijo.

Él parecía malinterpretar a propósito la situación. ¿No se daba cuenta él de lo difícil que era para ella aquello? ¿Que ella sentía algo por él, pero que era lo suficientemente sensata como para saber que sus sentimientos estaban totalmente fuera de lugar?

Jessica frunció el ceño, pero una parte de ella sintió tristeza también.

Aquella relación no era posible.

A veces se oía hablar de relaciones entre dos personas de diferente extracto social, de ciertos hombres ricos que confiaban cosas a sus chóferes, o que confesaban sus secretos a algún inferior. Pero eso no significaba nada.

Porque aquellas relaciones sólo se sostenían porque ambas partes sabían cuál era su lugar. Que había estrictas fronteras que no debían cruzar.

Y así había sido con Salvatore y con ella, hasta la pasada noche, en que habían roto las normas. Su invitación a la cena podría haber sido considerada sólo una pequeña transgresión, pero lo que había sucedido después, no.

Ella no podía negar lo que había hecho, o había estado a punto de hacer.

Y aunque había interrumpido aquello no podía negar que su cuerpo había estado desesperado por Salvatore.

Jessica lo miró. Él tenía el pelo negro algo despeinado, los ojos azules achicados, y la mandíbula ensombrecida por la incipiente barba. Tenía un aspecto imponente y casi magistral. Pertenecía a un mundo totalmente diferente del de ella. Viéndolo allí, parecía casi imposible creer que habían estado en una situación tan íntima.

Jessica sabía que tenía una alternativa, y lo único sensato era no hacer caso a sus comentarios, ni a la luz sensual que yacía en las profundidades de sus ojos color zafiro.

«Sólo está jugando contigo», se dijo, y ella sabía que no podía permitirse entrar en el juego, ni económica ni emocionalmente. Que si quería conservar su trabajo y seguir como antes, ella tenía que olvidarse de las charlas que solían compartir. Olvidarse de todo excepto de aquello por lo que le pagaban, que era limpiar la oficina.

–Será mejor que limpie el suelo –dijo Jessica torpemente, abriendo el grifo totalmente–. ¡Ay! –saltó hacia atrás cuando el agua caliente le quemó la mano.

–¡*Sollecita!* –Salvatore chasqueó la lengua y se acercó a ella–. Dame... –abrió el agua fría y puso su mano bajo el chorro.

El agua fría fue una bendición, pero el contacto con su mano la dejó más inquieta que el dolor de la quemadura.

Jessica intentó quitar la mano, pero él no la dejó.

–Déjala debajo del agua –le ordenó–. He dicho que la dejes, Jessica.

Ella no tenía la suficiente fuerza de voluntad ni inclinación a desobedecerlo, pero aquello era muy extraño. Él estaba allí, en un escenario poco apropiado, administrándole primeros auxilios a ella. Se sintió mareada por el shock y el placer.

En medio de la confusión, lo único que ella sabía era que le gustaba que la tocase.

Después de un par de minutos, él le dio vuelta a la mano y la examinó, pasando un dedo por la piel quemada.

–Creo que sobrevivirás –dijo él.

La sorprendente amabilidad de su contacto la desarmó, al igual que su voz profunda.

–Está bien. Quiero decir, estoy bien –se corrigió Jessica, tratando de quitar la mano.

–Quizás lo estés –objetó él–. Pero yo, no lo estoy.

Ella agrandó los ojos.

–¿Qué... Qué estás haciendo?

–Esto –dijo él–. Tengo que hacer esto.

Ella sabía que él iba a besarla. Lo adivinaba en la leve dilatación de sus ojos. Ella podía intuirlo en la repentina tensión de su cuerpo, y en su aire de deseo. Lo que hacía que lo que se había prometido la noche pasada mientras oía el tictac del reloj y esperaba que sonase el despertador se desvaneciera.

Él iba a besarla, y aunque ella sabía que debía impedírselo, no podía hacerlo.

–Salvatore... –susurró.

El «señor» había vuelto a desaparecer nuevamente, pensó él con satisfacción.

–Sí –dijo él arrogantemente con el aliento caliente junto a su cuello–. Ése es mi nombre.

Con un gruñido, Salvatore la besó.

Ella tenía un sabor dulce y mentolado, como si acabase de lavarse los dientes. ¿Lo habría hecho porque esperaba que él la besara? La idea de que ella hubiera podido anticipar aquello lo excitaba más aún.

Salvatore la atrajo hacia él, y le agarró el trasero, y por primera vez se dio cuenta de lo pequeña que era. Diminuta. En el coche sus cuerpos habían estado nivelados, pero ahora ella parecía deslizarse en sus brazos y desaparecer entre ellos, amoldándose a su cuerpo masculino como una Venus de bolsillo.

Jessica se agarró de su camisa mientras él seguía agarrando su trasero posesivamente. Él continuó besándola hasta que ella sintió que se le doblaban las piernas. Y tal vez él también sintió que las cosas se le habían ido de las manos porque dejó de besarla, aunque no la soltó.

Ella levantó la mirada y lo miró, confusa, como mareada.

Sus ojos azules parecían casi negros y su respiración estaba agitada. Su rostro tenía un gesto extraño, como si le gustase lo que estaba haciendo y a la vez lo despreciara.

—No podemos quedarnos aquí —dijo Salvatore—. Ven a mi apartamento.

Jessica tragó saliva. Y se recordó que no podía actuar como si fuera una cualquiera. Ella tenía su orgullo.

—No —contestó, cabezona—. No puedo.

Él agitó la cabeza impacientemente.

—Olvídate de la limpieza por esta noche.

Jessica casi se rió. ¡Él se creía que su negativa tenía algo que ver con su lealtad a su trabajo! ¿Era el único pensamiento del que él la creía capaz?

—No me refiero a eso —agregó Jessica.

Salvatore se quedó inmóvil al oír el tono de determinación en la voz de Jessica.

La noche anterior la había dejado jugar un poco a desafiarlo, pero ya se le estaba acabando la paciencia.

–¿Qué quieres decir? –preguntó él peligrosamente.

Jessica no iba a permitirle que la manejase simplemente porque él estaba en una posición de autoridad.

Levantó la barbilla y mirándolo le dijo:

–¿Crees que voy a ir a tu piso así como así y voy a dejar que me hagas el amor?

–¿Vas a seguir con ese juego cuando ambos sabemos lo que quieres, *cara mia*?

Jessica dio un paso atrás. Necesitaba espacio entre ellos.

Lo miró con desafío.

–En la vida no siempre puedes hacer lo que quieres, Salvatore. A veces hay que hacer lo correcto.

Él la miró, sorprendido.

–¿Vas a hablarme de moral ahora?

Jessica agitó la cabeza, herida pero impaciente.

–¿El hecho de que limpie tu oficina te hace creer que puedes ponerme como un adorno y quitarme cuando quieres? ¿Tratas a todas las mujeres así? No por supuesto que no. Si yo fuera otra persona por lo menos te molestarías en seguir las reglas mínimas. Me invitarías al teatro, o me llevarías a cenar. Incluso fingirías estar interesado en conocerme como persona, ¡en lugar de demostrarme lo rápido que me quieres llevar a la cama!

Jessica lo miró con una intrepidez a la que él no estaba acostumbrado, y menos en una mujer.

–¿Has terminado? –preguntó Salvatore.

«Venga, despídeme», pensó Jessica.

–Sí.

Salvatore sonrió.

–Ya veo que lo que te ha molestado no es que te haya querido llevar a la cama sino que no me haya molestado en seguir las pautas normales en esos casos.

–¿Te estás burlando de mí?

–En absoluto –dijo, burlón.

Aquella pasión de Jessica estaba bien para el dormitorio, pero no en aquella ocasión, pensó.

–¿Cómo es que dicen... que un ratón puede rugir? Te he escuchado, mi pequeño ratoncito, y jugaremos los juegos según tus reglas –la miró con un brillo burlón en los ojos–. Entonces, ¿quieres venir a cenar conmigo, Jessica?

Ella tragó saliva.

–¿Fingiendo otra vez ser tu novia, quieres decir?

–No. Como una cita real.

–¿Cuándo? –ella no podía salir de su asombro.

–¿Qué te parece el martes?

Jessica lo miró. ¿Cómo podía pasar de semejante urgencia a un día para el que faltaba tanto tiempo?

–¿El martes? –preguntó.

–Sí. Es la primera noche que tengo libre. Vuelo a Roma el fin de semana.

–¿A Roma?

–¿No has estado nunca allí?

–No.

Ella le hubiera querido preguntar con quién viajaba a Roma, pero no era asunto suyo.

Salvatore se acercó a ella y vio el brillo de sus ojos, sus labios entreabiertos. Podría haberla besado en aquel momento. No sería difícil vencer su resistencia...

Pero lo excitaba aquello. Nunca había tenido que sustraerse a las exigencias de una mujer. Y lo excitaba hacerlo.

—Entonces, ¿vas a verme el martes? —murmuró él.

—Sí, el martes está bien.

Él la miró un momento y le pasó un dedo por los labios.

Notó que ella quería que la besara para sellar el trato. Pero la haría esperar, como lo había hecho esperar a él.

—Hasta entonces, *cara*.

Y Jessica se quedó mirándolo mientras él se alejaba sin decir una palabra más.

Capítulo 6

JESSICA se quedó con la boca abierta cuando vio el restaurante. Lo había oído nombrar, pero nunca se había imaginado que podría comer allí. Estaba en el corazón de Londres, pero estaba tan disimulado desde fuera que no se notaba que estaba allí. Una puerta secreta daba a la acera. Se entraba por una calle llena de gente, y era como entrar a otro mundo.

Era un espacio grande pero íntimo con ventanas de vidrieras de colores por la que se traspasaba la luz, pero lo mantenía en la intimidad y lo protegía de miradas de curiosos. Aunque era la noche de un martes, estaba lleno. Era uno de esos lugares donde era imposible conseguir una mesa si no se reservaba con mucha antelación, aunque Salvatore la había conseguido sin problemas.

Parecían conocerlo allí, pensó Jessica cuando los llevaron a la mesa. Los camareros le sonreían, el maître le hizo un saludo con la cabeza y le sonrió. Todo el personal parecía estar a su disposición.

Ella se sintió insegura en aquel escenario. Vio alguna cara conocida de la televisión, y algún escritor famoso.

Las mujeres parecían todas muy delgadas y hermosas, y un par de ellas los miraron con el ceño fruncido. Parecían preguntarse qué hacía una chica como ella con un hombre como aquél.

¿O era su inseguridad la que imaginaba aquello?

–¿Te divierte algo? –preguntó Salvatore cuando ella se sentó.

Jessica dejó que el camarero desplegase la servilleta encima de su regazo.

–Sólo estaba pensando en que podía utilizar el tenedor equivocado.

Salvatore se rió.

–Recuerdo la primera vez que salí de Sicilia. Fui a Francia y uno de mis tíos me llevó a comer fuera, al restaurante más famoso de París. La mesa tenía un montón de cubiertos para cada plato, y yo estaba rodeado de toda la alta sociedad de París.

–¿Y estabas asustado? –preguntó Jessica.

Olvidó sus nervios por un momento, y la ansiedad que la había acompañado todo el día, pensando cómo terminaría la noche y si ella tenía el aspecto apropiado para ir a cenar con él.

Salvatore se encogió de hombros. Suponía que no la ayudaría decirle que él nunca había tenido miedo de nada. Que los hombres tenían que ser fuertes y que las dudas eran para las mujeres... Pero no se iba a inventar un personaje tímido de sí mismo para hacerla sentir mejor.

–No. Observé a mi tío e hice todo lo que hacía él. La única diferencia fue que él dejó comida en el plato. Era algo que la gente hacía entonces, para demostrar que no eran campesinos, pero yo tenía el

hambre de la juventud, y terminé toda la comida
–dijo Salvatore.

Jessica asintió, deseosa de oír más. El inesperado atisbo de su pasado lo hizo parecer menos
arriesgado, más como el hombre que habitualmente le hablaba a ella en la oficina antes de toda
aquella atracción sexual entre ellos. Aquel aspecto
humano le hacía más fácil olvidar el motivo por el
que habían ido a cenar aquella noche y fingir que
estaban solos en aquel elegante restaurante por
ninguna otra razón que el que se gustaban.

–¡Y no me digas que ninguna otra cena supo
como aquélla!

–Al contrario. No se reconocía ningún ingre-
diente en el menú. La mejor comida es sencilla y
fresca, cuanto más fresca mejor. El pescado que
sacas tú mismo del agua y que pones al fuego. El
conejo que tiene aún la sangre tibia y que va directo a la cazuela. Y ninguna naranja es más dulce
que la arrancada del árbol...

Pero otros apetitos habían sido satisfechos
aquella noche, recordó con nostalgia Salvatore.

Recordó la bella camarera que le había dado su
teléfono mientras su tío estaba pagando la factura.
Y la noche que había pasado con ella en su habitación cerca del Sagrado Corazón. El café fuerte en
medio de las sábanas revueltas... ¡Qué agudos tenía los sentidos entonces!, pensó.

Salvatore miró a Jessica con aquel cabello ca-
yéndole a ambos lados de la cara, y sintió una inesperada punzada de deseo. La deseaba con una intensidad que hacía mucho que no sentía. Todo el

fin de semana había pensado en cuánto la deseaba y en cómo su fragancia había invadido sus sentidos. Sintió el latido del deseo en su sexo.

El camarero vino con dos copas de champán, y Salvatore quiso terminar con las formalidades.

–¿Podemos pedir ya? –dijo.

–Sí, por supuesto –dijo el camarero.

Jessica sabía por qué tenía tanta prisa. Lo veía en sus ojos y en la repentina tensión en el aire, el modo en que su cara había cambiado. La tensión en su cuerpo.

Todo aquello era una farsa, pensó ella con tristeza. No era real. Y de pronto volvió a sentir nervios.

Hizo un esfuerzo por sonreír.

–¿Qué me recomiendas?

–Comamos un entrecot y ensalada, y medio litro de Barolo –agregó Salvatore, mirando al camarero. Se echó atrás en la silla y la miró detenidamente–. Entonces, ¿dónde sueles ir a comer? –preguntó.

–En pequeños restaurantes familiares. Aunque ahora que hay tantas cadenas no es fácil encontrarlos. No me...

–Hoy estás muy guapa –la interrumpió.

–¿Sí?

–Sí. Casi irreconocible. Ese color te queda bien.

–Gracias.

Otra vez llevaba ropa prestada por Willow. Su amiga no había podido creer que él la hubiera vuelto a invitar a salir.

No le había dicho el motivo.

La idea de salir había sido suya. Pero había sido sólo por poner un toque de respetabilidad a algo que no era respetable en absoluto. Ella tenía ante sí la perspectiva de acostarse con su jefe.

Aquella noche estaba allí no para representar un papel sino para ser ella misma, y nunca antes las diferencias entre ellos se habían hecho tan evidentes.

¿Realmente había pensado que podrían compartir una cena e irse a la cama luego como si fuera lo más natural del mundo? Daba igual cuánto lo deseara ni cuánto hacía que estaba enamorada de él, en lo más profundo de su ser sabía que aquello estaba mal.

Jessica miró el plato y dijo desanimada:

—Ha sido un error venir aquí esta noche.

Salvatore le miró el cabello brillante.

—¿Por qué dices eso?

—Porque... Oh, venga, Salvatore, tú sabes por qué —susurró ella.

—Pensé que querías venir a cenar conmigo.

—Sí, pero quizás me equivoqué. Las circunstancias que rodean la situación no son las que deben ser.

—El otro día no estabas tan tímida —dijo él.

—Lo sé. Y tal vez me esté arrepintiendo hoy.

—¿Sí? —al ver que ella no contestaba él dijo en un tono más profundo—: Jessica, mírame.

Ella podía oír las risas y los ruidos de copas de fondo, pero tenía la sensación de que venían de muy lejos.

Reacia, ella levantó la cabeza y lo miró a los

ojos. Éstos la cautivaron inmediatamente. Su corazón dio un vuelco.

¿Sabría él que con una sola mirada la cautivaría? Sí, por supuesto que sí. No era tonto y sabría perfectamente cómo seducir a una mujer.

Salvatore tomó una de sus manos y la miró. Tenía las uñas cortas y limadas y su piel estaba muy seca. Las mujeres con las que salía él tenían las manos sedosas, después de innumerables sesiones en el salón de belleza.

Aquéllas eran las manos de una trabajadora, se dio cuenta él con sorpresa. Y de pronto sintió ganas de mimarla.

Él había pensado que aquel lugar sería un regalo para ella, pero ahora veía que podía ser una experiencia penosa para Jessica.

–No tenemos que quedarnos aquí, ¿sabes? –dijo.

–Pero si acabamos de pedir la comida...

–Podemos cancelarla. Ir a mi piso y comer algo allí, si tienes hambre.

–No tengo hambre.

–Yo tampoco.

Jessica tragó saliva porque ahora él le estaba acariciando la mano con el pulgar. Él estaba debilitando una decisión que ya era débil.

Ella miró sus labios sensuales, apenas capaz de creer que la habían besado apasionadamente.

–¿No parecerá... raro que nos vayamos sin más? –preguntó.

–¿A quién le importa lo que parezca? –sonrió Salvatore–. No me paso la vida pendiente de la opinión de los demás –siguió acariciando su mano.

Al ver que sus ojos se oscurecían al sentir aquel movimiento erótico le dijo:

—Venga...

En cierto modo, era la solución más loca de todas.

Si antes se había sentido fuera de lugar, el hecho de que se marchasen cuando el camarero estaba trayendo el vino y la ensalada la hizo sentir más incómoda aún.

Pero a pesar de todo, sintió un gran alivio al marcharse. Porque así dejaban de mantener una fachada de que aquello era una cita normal, cuando no lo era claramente.

Sabía que aquello había sido un error, y si al menos era capaz de enmendarlo resultaría menos artificial.

El aire de enero la golpeó al salir. Deseó haber llevado guantes.

—Creo que sería mejor que nos olvidásemos de esto —dijo ella ajustándose el abrigo—. Puedo ir por mi cuenta a mi casa, en el metro.

Él achicó los ojos.

—¿Estás loca? ¿Crees que voy a dejarte ir sin mí esta noche?

La limusina se detuvo a su lado, y, consciente de los hambrientos paparazzi que había por allí, Salvatore abrió la puerta rápidamente y la hizo entrar en el coche.

—Salvatore, no puedes llevarme a ningún sitio contra mi voluntad.

—¿Crees que protestando y jugando a la inocente salvarás tu conciencia? —preguntó él—. ¿O es que sencillamente te excita?

—Eso no es justo. Y no es verdad.

—¿No?

—No —repitió ella agitando la cabeza.

Salvatore le agarró la barbilla. Sus ojos grises estaban más oscuros que nunca aquella noche, y sus labios brillaban y estaban temblando.

Muy lentamente él bajó la cabeza y la besó.

Los labios de Jessica temblaron y ella dejó escapar una suspiro.

Podría haberlo detenido, pero no lo hizo.

Salvatore sintió cómo aumentaba su propio deseo. Notó que ella se estaba reprimiendo tocarlo. Pero de pronto Jessica no aguantó más y le agarró la cara con ambas manos.

—Oh, Salvatore —susurró—. Salvatore...

Él la miró a los ojos y asintió.

—Sí, *cara*. Ya lo has comprobado. Me deseas y yo te deseo a ti. Es sencillo, ¿no? Tú vas a venir a mi casa conmigo —dijo.

Jessica lo miró a los ojos y entreabrió los labios cuando él bajó la cabeza para besarla mientras el coche se dirigía a gran velocidad hacia Chelsea.

Capítulo 7

LA PUERTA de entrada se cerró detrás de ellos y Jessica miró a Salvatore, sin saber qué hacer. Se sentía presa de las sensaciones, y totalmente fuera de su ser en una situación como aquélla.

Notó vagamente que el apartamento de Salvatore era inmenso y que tenía un aire lujoso, pero a ella le daba igual.

Miró al hombre que tenía enfrente y vio sus ojos llenos de deseo.

Salvatore agarró su cara con ambas manos.

–Tienes miedo –dijo.

Era una observación más que una pregunta y sonó casi amable.

Jessica asintió y dijo:

–Un poco.

–¿Debo entender que no haces este tipo de cosas a menudo?

Ella agitó la cabeza.

–Nunca –susurró, un poco resentida porque él preguntase.

Pero era normal. No podía decirse que con él se hubiera hecho de rogar. Ni siquiera se había parado a pensar en qué se estaba metiendo.

–Mira, Salvatore, tal vez esto sea una locura...

Pero no pudo continuar porque él rozó sus labios con los suyos.

–No –murmuró–. No es una locura. Es perfecto. Será perfecto, créeme, Jessica. Pero salgamos de este vestíbulo y vayamos a algún lugar donde podamos estar más cómodos.

Salvatore entrelazó sus dedos a los de ella y la llevó por un aparentemente interminable pasillo.

El corazón de Jessica galopaba. «Cómodos», había dicho. Él parecía seguro de su poder sexual pero no se daba cuenta de que ella, si bien no era totalmente una novata, tampoco sabía mucho sobre hacer el amor.

¿Debía decírselo?

¿Y qué debería decirle? ¿Qué tenía miedo de decepcionarlo y que lo sentía totalmente fuera de su alcance? Como un potrillo acostumbrado a transportar niños alrededor de un campo a quien de pronto se le dejara competir con un aristocrático caballo en la carrera más importante de la temporada...

Cuando él la llevó al dormitorio más grande que había visto en su vida ella se quedó petrificada.

Jessica apenas observó la habitación. Su atención estaba en otra cosa.

–Ah, Jessica –murmuró Salvatore y la estrechó en sus brazos y le quitó un mechón de cabello de la cara–. Parece que fueran a echarte a los leones...

–¿Sí?

–Mm... ¿Puedo ser tu león? ¿Tu fiero león? –susurró Salvatore en su cuello–. ¿Y te comeré toda? ¿Trocito a trocito, *cara mia*?

–¡Salvatore! –exclamó ella, temblando.

Salvatore sonrió al ver su sorpresa. Pero internamente le gustaba su falta de sofisticación. Su relativa inocencia era algo nuevo para él.

A no ser que fuera todo una farsa, una forma de hacer que él la respetase más.

Salvatore tiró de ella y acarició sus pechos. Sintió que la respiración de Jessica se aceleraba.

Si era una farsa, ¿qué importaba?

Al fin y al cabo, aquello no era más que una persecución temporal. Algo para que disfrutasen los dos. Y siempre que ella supiera cuáles eran las reglas, nadie resultaría herido.

Él la miró. Aquella noche ella llevaba un vestido color púrpura con diminutos botones delante, que él empezó a desabrochar uno a uno.

–¡Cuántos botones! ¿Usas esto deliberadamente?

Jessica apenas podía pensar, y mucho menos hablar. Llevaba aquello porque era lo que Willow había podido prestarle para la ocasión.

Salvatore rozó el borde del sujetador con su dedo, un sujetador demasiado sencillo, pensó él.

–Salvatore –susurró ella.

En aquel momento su vestido estaba abierto hasta su estómago, y él la estaba besando allí, rozando su ombligo con la humedad de su lengua y ella gimió y agarró sus hombros.

Y Salvatore se rió de placer.

–¿Qué, *cara mia*? –preguntó él.

Ella quería decirle que estaba aterrada, que lo decepcionaría, pero no podía hablar.

–Yo... Yo...

–Relájate... Disfruta...

Y ella se olvidó de todo y disfrutó las caricias de su lengua en su vientre.

El deseo se apoderó de ella de un modo que jamás había experimentado antes. Notó cómo iba aumentando.

Ella deseaba que él...

Pero él no lo hizo.

Cuando desabrochó el último botón le quitó el vestido y la dejó hambrienta de él.

Salvatore vio la decepción en sus ojos. Pero él se tomó su tiempo. La primera vez era mejor hacer esperar a la mujer.

Salvatore la miró.

A pesar de su sorprendentemente caro vestido, su ropa interior era tan decepcionante como imaginó, sencilla y funcional. Sus braguitas estaban oscurecidas por un par de pantys. No las volvería a usar, pensó él.

–Quítame la camisa –le ordenó él suavemente.

Y Jessica, que era tan buena con sus manos, sentía que no podía obedecer aquella orden fácilmente.

Pero él pareció disfrutar de su torpeza.

Hasta que ella pudo quitarle la prenda.

Ella tragó saliva al ver su torso formidable sin un gramo de grasa. Él era todo músculo. Muy atractivo, realmente.

Si él le pedía que le quitase los pantalones, ella se moriría.

Pero él no lo hizo. Tiró de ella hacia él y llevó

sus manos a su pelo. Y luego empezó a besarla nuevamente, hasta que ella se derritió.

La besó hasta que sus rodillas empezaron a temblarle y sus caderas empezaron a moverse contra su dureza.

Y él siguió besándola, ignorando sus silenciosos ruegos de más.

Hasta que todas las inhibiciones de Jessica se disolvieran y ella deseara desabrochar el cinturón de sus pantalones.

Y sólo entonces él sonrió, deslizó sus dedos por la parte delantera de sus braguitas y la tocó con tal precisión que ella gimió en voz alta.

–Ah, sí –dijo él suavemente, moviéndose contra su dulce calor–. Ahora estás lista para el amor.

Los hambrientos sentidos de ella estuvieron de acuerdo, pero sus palabras le hicieron preguntarse: ¿Amor?

¿Tenía algo que ver aquello con el amor?, se preguntó Jessica mientras él la alzaba y la llevaba a la cama. No, por supuesto que no. «Amor» era la palabra que se usaba para endulzar el acto del sexo.

Ella se tumbó y lo observó. Él representó un erótico striptease para ella.

Su mano se movió hacia su cinturón, y luego hasta su cremallera. Se quitó los zapatos, los calcetines, los pantalones. Se quitó los calzoncillos con elegancia. Y estaba excitado. Muy excitado.

Sus ojos se encontraron en un momento y entonces Jessica decidió que los nervios no iban a paralizarla. Ella estaba allí e iba a disfrutar cada minuto de aquello. Cada minuto de él.

–Ven a la cama –dijo Jessica.

Él se rió suavemente cuando fue hacia la cama y ella extendió sus brazos hacia él.

–Estás hambrienta de mí, ¿no, pequeña?

–¡Me estoy muriendo de hambre, para que lo sepas!

–Bueno, entonces... ven aquí –con un solo movimiento él le quitó el sujetador, y luego concentró su atención en sus pechos desnudos, primero con sus ojos y luego con sus labios, acariciando sus pezones, lamiéndoselos.

Él la sintió estremecer.

–Mmm... Tienes gusto a miel, y a deseo. Sabes muy bien...

Sus palabras la hicieron sentir bien, tan bien que ella quiso tirar por la borda su inhibición.

Tímidamente lo acarició, y sintió cómo él se movía debajo de su mano.

Durante un segundo Salvatore se quedó quieto al ver el gesto tentativo de ella. Aquella torpeza era una advertencia.

Él puso una mano encima de los dedos de Jessica, que estaban unidos tan íntimamente a su carne, y se preguntó cómo podía haber sido tan estúpido.

¿No lo habían atrapado a uno de sus queridos primos de ese modo?

–Por favor, dime que no eres virgen –dijo con tono duro.

Jessica no sabía si reír o llorar. Eso quería decir que su torpeza le había hecho pensar que no tenía nada de experiencia.

–No, por supuesto que no. ¿Importaría si lo fuera?

Él apartó la mano y le acarició el cabello.

–¡Por supuesto que importaría! Pero no es importante. Ahora no. Sólo esto importa. Esto...

Y acalló toda palabra con sus labios.

Por un momento Jessica intentó controlarse, pero pronto el placer se apoderó de ella, si bien internamente se sentía inquieta.

Su preocupación dio paso al puro placer, porque Salvatore era el amante más maravilloso del mundo.

Él besó cada centímetro de su piel.

–¿Te gusta esto? –preguntó cuando su lengua encontró una zona particularmente vulnerable.

–Yo... –Jessica cerró los ojos y se estremeció–. Yo...

–Dime...

–Nadie me ha hecho esto antes.

–¿Y esto?

–Oh, Salvatore –susurró–. Sí.

Él la llevó por caminos de placer y para sorpresa de él descubrió que ella era la amante perfecta. Así que después de todo no era una farsa. Jessica no era virgen, pero no tenía mucha experiencia. Sin mucha experiencia pero no inocente... «*Perfetto*», pensó.

También era muy dulce. Demasiado dulce, pensó él, cuando ella tiró de él y lo llenó de besos, lo que le dio gran placer.

–Jessica... –dijo él con voz insegura de repente.

No podía esperar más y buscó un preservativo.

–Sí, ahora. Ahora –dijo ella.

–Quédate quieta un momento...

–No puedo...

–Yo, tampoco –gruñó él mientras se adentraba en ella–. *Mio tesoro.*

Era increíble. Jessica era increíble. Y él no sabía por qué. ¿Era su deseo de complacerlo? ¿O el placer que sentía mientras intentaba averiguar lo que a él le hacía estremecer? ¿O su desmesurada alegría cuando su pequeño y curvado cuerpo se había sacudido con su primer orgasmo y ella se había aferrado a él balbuceando gemidos de placer junto con algo que pareció su nombre?

Más tarde Salvatore se derrumbó contra las apiladas almohadas. Estaba cubierto de sudor y su corazón galopaba mientras él miraba el cielo raso, tratando de recuperar el aliento, como si fuera un hombre a quien acabasen de rescatar del agua, a punto de ahogarse.

Jessica se acurrucó contra él, apoyando su sedosa cabellera en el ángulo de su brazo como si aquél fuera el lugar donde más deseara estar.

–Mmmm... –suspiró ella–. Ha sido... fantástico –comentó.

El habitual recelo que aparecía después de haber hecho el amor hizo su aparición. Él iba a tener que ser muy sincero con ella acerca de las limitaciones de una aventura con él, pero seguramente ella era lo suficientemente sensata como para darse cuenta de que entre ellos no podía haber futuro alguno.

–Mmm... –Salvatore bostezó y se apartó de ella un poco–. Tengo hambre ahora, ¿y tú?

Ella le hubiera dicho que no tenía hambre de comida. Pero había algo que había cambiado, ella lo intuyó. Salvatore se había apartado de ella en más de una forma. Era verdad que en aquella situación ella estaba especialmente sensible, pero estaba claro que había cambiado algo en el ánimo de Salvatore.

¿Qué se suponía que debía suceder ahora? ¿Ella debía vestirse y marcharse?

–¿Quieres que vaya a buscar algo para comer? –preguntó Salvatore.

Jessica se sintió aliviada al ver que él no la iba a descartar como si fuera una criada, y se odió por aquel sentimiento. Y por estar totalmente a merced de lo que decidiera Salvatore.

Pero, ¿cómo iba a ser de otro modo cuando se sentía tan viva en sus brazos?

–Sí, por favor –dijo ella haciendo un esfuerzo por bajar de las nubes.

No había comido prácticamente nada en todo el fin de semana. Ni siquiera la tarta de limón que preparaba su amada abuela, quien la había criado después de que muriesen sus padres.

Todo porque sabía que terminaría en la cama de su jefe el martes por la noche.

–Me alegro. No me gustan las mujeres que se matan de hambre.

–Emmm... A mí, tampoco...

Tal vez debiera pasarle aquella información a Willow, quien por supuesto no la creería.

–¿Debería levantarme?

Él la miró. Ella estaba hermosa, con su pelo despeinado y sus mejillas encendidas y sus enormes ojos grises.

–No, quédate ahí. Estás encantadora. Haremos un picnic en la cama.

En cuanto se fue él Jessica fue al cuarto de baño e intentó arreglarse el pelo. Luego volvió a la cama y lo esperó.

Salvatore volvió con una bandeja llena de cosas atractivas y caras: champán, uvas, pan aparentemente reciente. Y había una bonita caja de madera con queso, al igual que una caja de chocolate negro.

–Todo eso tiene un aspecto estupendo –dijo ella, entusiasmada.

Él notó sus nervios en su voz, dejó la bandeja y la estrechó en sus brazos.

–Te has cepillado el pelo –observó.

–Me lo he peinado. He usado tu peine. Espero que no te importe...

Detrás de aquel comentario él sabía que había muchas otras preguntas. Por experiencia, Salvatore sabía que aquél era el momento más vulnerable para una mujer y el mejor para sentar las normas.

–Puedes usar todo lo que quieras cuando estés aquí –respondió él.

Sus palabras deberían haberla tranquilizado, pero tuvieron el efecto contrario.

En silencio, Jessica pensó que necesitaba saber dónde estaba parada. En el trabajo era su limpiadora, pero allí acababa de compartir la cama con él. Eso debía darle el derecho de saber qué quería él de ella.

–Me hiciste una pregunta antes –dijo ella.

–¿Qué pregunta? –Salvatore levantó una ceja.

–Me preguntaste si era virgen. ¿Por qué?

Él había estado a punto de deslizar un dedo

desde su estómago hasta el tentador triángulo de vello entre sus piernas, pero se reprimió. Si ella quería la verdad, él se la diría.

—Porque eso habría sido distinto en relación a lo que habría sucedido después —dijo él y fue a abrir la botella de champán.

Y deseó haber traído otra bebida en lugar de champán, porque eso también podría malinterpretarse.

Salvatore no dijo nada hasta que las copas estuvieron llenas. Luego caminó hasta la cama y le ofreció una. Él puso la suya en la mesilla.

—Gracias —dijo Jessica.

De pronto se sintió extraña sentada allí, desnuda, con una copa de champán, en la cama de un millonario.

Salvatore se sentó al borde de la cama y la miró.

—La virginidad es el mayor regalo que una mujer puede hacer a un hombre, aparte de los hijos que pueda darle un día.

En sus palabras había dos conceptos terriblemente anticuados, pero a ella sólo le concernía uno.

—¿Y cuál habría sido el problema si yo hubiera sido virgen?

Él había esperado que ella lo dedujera por su cuenta sin que él tuviera que explicárselo. Pero debía hacerlo.

—Si hubieras sido virgen, te habría dicho que te fueras y que guardases ese regalo para el hombre con quien te cases un día.

—Pero...

–Ya ves... Debes comprender que yo soy siciliano, Jessica, y que tengo estrictos valores acerca de la vida, al igual que acerca del matrimonio. Tengo intención de volver un día a Sicilia y casarme con una chica de allí que sea virgen. De eso estoy seguro.

Jessica lo miró.

¿No se daba cuenta Salvatore cómo la hacía sentir aquello en aquellas circunstancias?

Como una cualquiera, que se había entregado a él libremente.

–Eso es muy anticuado.

Él se encogió de hombros.

–Lo reconozco, pero no me importa. Soy anticuado en muchos aspectos. Para mí es importante que la madre de mis hijos no haya... ¿cómo se dice? ¿Qué no haya estado de cama en cama?

Jessica se incorporó como un relámpago, y volcó un poco de champán en las sábanas. Pero no le importó.

Bajó las piernas de la cama y apoyó la copa en la mesilla.

–¿Cómo te atreves? –preguntó, temblorosa–. ¿Cómo te atreves a acusarme de andar de cama en cama cuando no lo he hecho, y tú has tenido probablemente más mujeres que días al año? Oh...

Sus furiosas palabras fueron silenciadas con un beso, porque Salvatore se acercó rápidamente y la estrechó en sus brazos tumbándola sobre la cama. Su bata de seda se abrió con el movimiento y su cuerpo excitado se amoldó al de ella.

–¡Quítate! –exclamó ella, golpeándolo con los puños en el pecho–. ¡Quítate!

–¿Quieres que lo haga?

–¡Sí! ¡No! ¡Sí!

Sus palabras fueron traicionadas por el deseo que sentía en su interior. Ella cerró los ojos.

–¿Jessica?

Ella los abrió y lo miró con la cautela de un animal acorralado.

–¿Qué?

–Yo no te he hecho falsas promesas. Ni te he mentido. Me gustas. Es por eso que estás aquí. Me gusta hacerte el amor. Me gustaría volver a hacerlo. Me gustaría mimarte un poco. Ir contigo a París e invitarte a ostras. Mostrarte un poco de un mundo que no conoces, y creo que a ti te gustaría también.

Sus palabras describían un cuadro tentador. Jessica lo miró, confundida, consciente de los latidos de su corazón y de su excitación, como si quisiera que él la tocase. Como si su cuerpo estuviera impaciente y no quisiera un interrogatorio.

Pero ella debía preguntárselo.

–No comprendo. ¿Qué quieres de mí?

Salvatore sonrió, reconociendo que su inexperiencia era una espada de dos filos. Lo atraía, pero hacía necesarias las explicaciones, y a él no le gustaba explicar.

Él la miró a los ojos y contestó:

–Quiero que seas mi querida.

Capítulo 8

JESSICA no podía creer lo que había oído. Por un momento le pareció que podía haber escuchado mal.

–¿Tu querida?

En su mundo los hombres no aparecían y decían cosas como aquéllas.

–¡Pero si ni siquiera estás casado!

Jessica de pronto contempló aquella posibilidad y lo miró con desconfianza.

–¿Estás casado?

Él agitó la cabeza y sonrió.

–No, no estoy casado, *cara*, pero un hombre no necesita estar casado para tener una querida –al ver la confusión en la cara de Jessica él agregó–. No es más que un título para el papel desempeñado por una mujer en la vida de un hombre. Significa que ambos sabemos a qué atenernos. Y se trata de tener una maravillosa aventura sin esperar nada para el futuro. Eso es todo.

Ella pestañeó.

–¿Eso es todo?

–Es un modo de simplificarlo, quizás –admitió él–. Pero esencialmente eso es lo que es, y lo que es más, creo que tú eres perfecta para ese papel, *cara*.

La palabra «perfecta» era una caricia verbal acompañada con el susurro de sus labios que se deslizaban por la mejilla de ella, haciéndola estremecer de deseo. Ella era tan débil en sus brazos...

Pero, ¿cómo podía aceptar lo que él acababa de proponerle? ¿No era un insulto para ella?

Salvatore levantó la cabeza para dibujar sus labios con la punta de su dedo índice.

–No has contestado –observó Salvatore.

Ella notó la sorpresa en su voz y eso la irritó.

¿Realmente se creía él que ella iba a aceptar encantada una proposición que cualquier mujer hubiera rechazado, y que incluso esperase que ella estuviera agradecida por ello?

–Es... No es fácil de digerir...

¿Por qué había tenido que decir aquello? ¿Por qué no se había limitado a invitarla a salir otra vez simplemente?

Porque en ese caso ella podría haberse hecho ilusiones.

Salvatore le dio un beso, y Jessica intentó resistirse por un momento. Pero fue sólo un momento, porque su cuerpo estaba deseoso de él, tibio y blando. Y le dio la bienvenida para que entrase.

–*Che voglia* –dijo él.

Ella gimió cuando lo sintió dentro. Sus ojos se encontraron en un momento sin palabras.

Salvatore la miró y sintió que el deseo se apoderaba de él.

–¿Está bien?

–S... Sí –tembló ella.

–¿Quieres más?

–Sabes que sí –susurró ella, vulnerable, como siempre.

Él se internó en ella y la oyó gemir. Vio cómo la pasión le borraba todas las dudas. La oyó expresar su placer. Sólo entonces se permitió dejarse ir, derrumbarse en un paraíso de exquisito placer.

Más tarde se quedaron abrazados en la cama. Salvatore le acarició la piel, aún húmeda por el sudor, y aspiró su perfume, que ahora estaba mezclado con su propia esencia masculina.

Sus caricias eran distraídas, y sus pensamientos se alejaron por completo, porque ella lo había sorprendido.

Ella había visto su propuesta con desconfianza, sopesándola cuidadosamente como él hacía con sus propuestas de negocios. Muchas mujeres habrían ocupado aquel lugar más que encantadas. Y ella, sin embargo, no le había dado siquiera una respuesta, pensó él.

–¿Tienes sueño? –preguntó Salvatore.

Jessica abrió los ojos. Sí, su cuerpo estaba cansado, pero su mente no paraba.

¿Qué debía hacer?

–Un poco –contestó Jessica.

–Todavía no hemos comido –señaló él.

–No –Jessica se incorporó, y notó cómo los ojos de Salvatore se extasiaban en sus pechos.

Y eso la ayudó a decidirse en cierto modo.

Él la veía como un cuerpo, algo que él deseaba. Ella alimentaba su apetito sexual como el pan y el queso alimentarían su hambre elemental. Mientras ella no olvidase aquello, ¿podría proteger su corazón para que no se lo rompiese?

—Será mejor que comamos algo. Y luego me iré.

—¿Te vas? —Salvatore se sorprendió—. ¿Adónde?

—A mi casa, por supuesto.

Lo tomó totalmente por sorpresa. Normalmente adivinaba las intenciones de las mujeres, pero Jessica lo había dejado perplejo.

¿Estaría tratando de hacerlo entrar en su juego?

—¿Por qué a tu casa? —preguntó.

—Porque es martes por la noche y tengo que trabajar mañana por la mañana.

Salvatore se echó hacia atrás sobre las almohadas.

—¿Y cuál es el problema? Quédate aquí a dormir y mañana te llevará mi chófer a la oficina.

Jessica lo miró y sonrió. Se imaginó los comentarios de sus compañeros cuando llegase en una limusina a trabajar.

—Eres muy amable, Salvatore, pero no creo que sea buena idea.

—¿Por qué no?

—Bueno, para empezar, no tengo ropa para cambiarme.

—¿Y por qué no? ¿No sabías que acabarías en la cama conmigo esta noche? Ambos sabíamos que iba a suceder... —la acusó él.

—Supongo que sí.

—Entonces, ¿por qué no te trajiste algo?

—Porque eso habría sido... demasiado obvio, ¿no crees? Oye, voy a comer algo contigo primero y luego me iré a casa. Así tú dormirás bien esta noche, y yo también.

Él la miró.

—¡Pareces mi enfermera!

Ella sonrió.

—Si fuera tu enfermera, habría roto mi código ético totalmente —bromeó ella.

Salvatore frunció el ceño.

Jessica trazaba su plan de acción, en lugar de hacer todo lo que dijera él, sin tener en cuenta sus deseos. ¡Era increíble! ¡Su mujer de la limpieza!

—¿Estás jugando a hacerte la importante conmigo? —preguntó.

Jessica se rió.

—Es un poco tarde para jugar a hacerme la mujer difícil, ¿no crees? —agarró el plato de uvas y se metió una en la boca y le ofreció otra a él—. Toma... —le dijo.

—¡No quiero una maldita uva! —gruñó. La observó bajarse de la cama. O sea que no había sido una amenaza sino algo real—. ¿Entonces te marchas?

—Sí —contestó ella.

Él pensó seguirla y quizás hacerle el amor y hacerla gritar su nombre. Pero sabía que aunque demorase su marcha, no la haría cambiar de parecer. En su cara se veía un gesto de determinación que se notaba en aquellos labios rosados apretados.

Jessica recogió sus braguitas y se las puso. Luego se puso el sujetador. Recogió también sus pantys y se siguió vistiendo.

—¿Jessica?

—¿Sí, Salvatore?

—No volverás a usar esa cosa cuando estés conmigo.

–¿Te refieres a los pantys?

–Sí. El que los haya inventado debería ser ajusticiado. Las mujeres no deberían usar otra cosa que medias de encaje y ligueros.

–Lo tendré en cuenta –dijo Jessica mientras recogía su vestido púrpura y se lo ponía.

Ella jamás había usado medias y liguero, pero no se lo diría.

–¿Y por qué llevas vestidos tan largos? –preguntó él.

–¿No te gusta? –preguntó Jessica poniéndose colorada.

–Oculta tus piernas, tus bonitas piernas. ¿Por qué esconder uno de tus mejores encantos?

Ella dudó. No sabía si decirle la verdad.

–El vestido es de Willow.

–¿De Willow? ¿Es un árbol, no?

–Mi compañera de piso. Es más alta que yo.

Él parecía seguir sin comprender.

–El vestido que llevo es de Willow. Me lo ha dejado.

Entonces Salvatore se sintió aliviado, porque sabía cómo manejar aquello. Tal vez ella fuera más lista de lo que había imaginado. Pero aquella información le devolvía la conocida sensación de poder y control.

¿Habría llevado aquel vestido para lograr precisamente aquel resultado? ¿Que él sintiera pena y le hiciera regalos?

Pero fuese como fuese, hacía que el juego estuviera más igualado.

Salvatore dejó la copa y dijo:

–No quiero que uses ropa de segunda mano.

Jessica abrió la boca para decirle que no era tan fácil, que la mayoría de la ropa que tenía en su ropero era inadecuada para los lugares que él frecuentaba, pero él se adelantó a decirle:

–Sé lo que vas a decir. Que no puedes permitirte comprar ropa de esta calidad.

–Bueno, no puedo –dijo, orgullosa.

–Y una de las ventajas de ser la querida de un hombre rico es que yo puedo pagarla.

–¡No! –Jessica agitó la cabeza.

–Oh, sí. No protestes, Jessica. No servirá de nada. Para mí será un placer comprarte lo que necesites –deslizó un dedo por encima de la seda de su pecho y sonrió al ver que ella se estremecía–. No quiero que uses ese horrible sujetador y esas braguitas tampoco.

–Si mi aspecto es tan desalentador, ¿por qué no te buscas alguien que te atraiga más?

–Tú me atraes mucho. Pero eres como los árboles de mi huerto de Sicilia. Tienen que podarte para que puedas florecer adecuadamente. Y ahora ven aquí.

–Salvatore...

Pero él la besó y la envolvió con sus brazos, y le hizo notar su excitación.

–¿Sigues deseando marcharte?

Ella cerró los ojos.

–Tengo que irme.

–Muy bien. Que así sea, entonces. Se lo diré a mi chófer.

Jessica se puso nerviosa cuando él levantó el teléfono y dio una orden.

–Te llamaré –le dijo Salvatore cuando terminó, con una sonrisa que ella no comprendió.

Hubiera querido preguntarle cuándo, pero se sintió insegura, porque no sabía si en aquella situación regiría alguna de las normas habituales de las citas. Ahora era su querida.

–Buenas noches, Salvatore –dijo ella.

Recogió su bolso y fue hacia la puerta antes de que él se diera cuenta de la ansiedad que la carcomía.

Capítulo 9

QUÉ QUIERES decir con «su querida»? –le
preguntó Willow.

Jessica revolvió la taza de cereales sin inte-
rés.

–Es una especie de acuerdo que los hombres hacen con las mujeres...

–¿Quieres decir que eso le permite comportarse
como quiere sin tener ninguna responsabilidad con
la mujer? ¿Por qué diablos has aceptado, Jessica?
Porque deduzco que has aceptado, ¿no?

–Supongo que sí –dijo Jessica.

–Pero, ¿por qué? ¿Estás loca?

–Porque... Porque...

Porque lo adoraba. Porque entre ellos había nacido una camaradería desde que ella trabajaba para
él, y eso había contribuido a que aprovechase
aquella oportunidad.

–¿Por qué? –insistió Willow.

Jessica apartó la taza y miró a Willow.

–¿Vas a decirme que si hubieras estado en mi
lugar no habrías sucumbido a sus encantos?

–Lo habría hecho esperar.

–Sí, seguro...

–Pero me pregunto por qué te escogió a ti –dijo

Willow pensativamente. Luego, al ver la cara de Jessica corrigió–. Quiero decir, ¿no es un poco arriesgado, Jessica? Tú trabajas allí y todo eso...

–Quieres decir que limpio su oficina... –respondió Jessica con orgullo–. Y si quieres que te diga por qué creo que me escogió... Creo que ha sido precisamente por eso, porque limpio su oficina. Sé cuál es mi lugar, y no soy una amenaza para él. Podemos pasarlo bien sin que él se preocupe de que tenga que comprometerse –recordó sus palabras acerca de su boda con una siciliana virgen–. Porque eso no sucederá.

–¿Y...? ¿Y... me ha mencionado a mí?

Jessica no era cruel y no iba a decirle que ni siquiera recordaba su nombre.

–No. ¿Debería haberte nombrado?

–Entonces, ¿cuándo vas a verlo otra vez? –preguntó Willow–. ¿O es que no lo sabes? ¿Puede llamarte en cualquier momento, como quien pide una pizza?

–Ha estado fuera esta semana, en viaje de negocios. Viaja mucho. Esta semana está en Nueva York.

–Qué bien. ¿Lo viste antes de que se marchase?

–Brevemente.

Ella había estado muy nerviosa pensando que podía encontrarlo en su oficina cuando fuera a limpiar. Pero ni siquiera había estado allí él.

Y Jessica había limpiado las superficies con más energía que nunca y había resistido la tentación de curiosear por su escritorio, algo que nunca antes se le había ocurrido.

Cuando acababa de salir del aseo de su oficina con un trapo húmedo en la mano, la puerta se había abierto y él había entrado.

Llevaba un traje oscuro, lo que resaltaba su cabello negro y sus ojos azules. Él había puesto su maletín en su escritorio y la había mirado un largo momento.

–Jessica –había dicho.

Ella no sabía cómo reaccionar. Ella hubiera querido correr a sus brazos, acariciar su piel...

Pero no se atrevió.

–Ven –le ordenó él suavemente.

El trapo debía habérsele caído de los dedos para cuando llegó a él. Salvatore levantó sus manos y miró sus guantes de goma amarillos.

–Jamás he comprendido el atractivo sexual de la goma –dijo, mientras le quitaba los guantes. Cuando terminó, los dejó a un lado y agregó–: Estás nerviosa...

Jessica asintió.

–Sin embargo, hemos estado juntos muy íntimamente. ¿Estás enfadada porque no te he llamado por teléfono?

–No tienes mi número –contestó Jessica.

–¿Crees que eso puede ser un problema, *cara*? ¿Que si quiero no puedo encontrarte?

Jessica fue consciente entonces del tipo de hombre con el que estaba tratando, alguien que podía obtener cualquier información que quisiera.

–Ahora, bésame –murmuró él.

Ella había pensado que él tal vez querría un encuentro sexual rápido y apasionado con ella antes de marcharse, pero no fue así.

En cambio la besó dulcemente. Su beso la hizo desear que él no fuera Salvatore Cardini, jefe de una de las más grandes corporaciones del mundo. La hizo desear que fuera un hombre corriente, no alguien inalcanzable.

—¿Cuándo vuelves? —le preguntó ella a pesar de haberse prometido no hacerlo.

—El fin de semana —la miró a los ojos y agregó—: ¿Vamos a vernos?

—Eso espero —dijo ella tímidamente.

Sus palabras lo hicieron detenerse y acariciar su pelo.

—De acuerdo, Jessica. Me pondré en contacto contigo.

Y con otro beso él había desaparecido.

—Entonces, ¿cuándo volverás a verlo? —volvió a preguntar Willow.

—Va a venir a buscarme ahora.

—¿No deberías prepararte, entonces?

—Estoy lista.

—Oh —se sorprendió Willow.

Salvatore había criticado que se pusiera ropa prestada, así que había decidido ponerse sus vaqueros favoritos.

Exteriormente, estaba intentando proyectar calma, pero por dentro estaba terriblemente nerviosa con la idea de volver a verlo.

Golpearon la puerta y Jessica abrió. Se encontró con el chófer de Salvatore. Detrás se veía la limusina.

–El señor Cardini está terminando de hablar con Milán –le explicó el chófer.

–Está bien –dijo ella, contenta, y caminó hacia la limusina.

Salvatore estaba sentado en el asiento de atrás. Cuando la vio, dijo algo en italiano y terminó la conversación.

–*Ciao, bella* –le dijo–. Ven aquí a saludarme.

La miró descaradamente, con clara intención sexual, haciéndola sentir un poco como trofeo. Pero de pronto a Jessica no le importó.

Jessica corrió a sus brazos como un cachorrito que acude a su amo en el momento en que el chófer cerraba la puerta del coche.

–Mmm... –dijo Salvatore al sentir la presencia del deseo.

La besó y sintió el gusto de su pasta de dientes, como si saliera del baño. Deslizó una mano por su cadera y la miró a los ojos.

–Te voy a llevar directamente a casa porque llevo cinco días imaginándome haciendo el amor contigo –le dijo.

–No veo la hora –respondió ella rodeando su cuello con sus brazos.

–Ya veo –bromeó él.

Ella simplemente alzó sus labios para besarlo otra vez y él soltó una suave risa de placer. Había elegido bien a su querida. En sus brazos era muy desinhibida, como una gata salvaje. Él quería tocarla en aquel mismo momento, llevarla al máximo placer en su limusina, pero llevaba vaqueros.

–Estos vaqueros son muy inhibidores –dijo él.

–Pero muy prácticos.

–Al contrario, son muy poco prácticos.

De pronto Jessica sintió que volvía a tener dieciocho años.

–¿No te han enseñado nunca cómo vestirte para complacer a un hombre? –insistió él.

–No suele ser parte de la educación inglesa.

–Entonces, te enseñaré yo –le prometió él–. Te llevaré de compras.

–¿Vas a tratarme como a la querida de un hombre rico?

–Exactamente, *cara mia*.

–¿Y qué pasa si te digo que no voy a dejar que me compres nada? –preguntó ella, orgullosa.

–Entonces te voy a tratar sin miramientos –dijo con voz sensual y tono erótico–. ¿Te apetece eso?

–Oh, oh, Salvatore...

Él deslizó sus manos por debajo de su suéter y la acarició.

Ella quería decirle que estaba allí con él porque le apetecía y no porque él pudiera comprarle nada. Pero en aquel momento el coche llegó a las calles de Chelsea donde vivía él.

A la luz del día era muy diferente la zona, mucho más bonita.

Y el apartamento parecía más grande también, y mucho más lujoso de lo que recordaba Jessica. Cada mueble parecía elegido como si fuera una obra de arte, cada superficie brillaba. ¿Quién limpiaría su casa?

–¿Has elegido tú los muebles? –preguntó Jessica.

¿Había empezado a hacer un inventario de lo que tenía?, se preguntó él.

—Los compró una persona para mí, alguien que es experto en antigüedades e interiores. Hablo con ella por teléfono, le digo lo que me gusta y lo que no me gusta... Esta persona voló a Milán para ver mi casa allí y después de aquello trajo estas cosas.

—¿Y te gustan?

—Sí, me encantan. ¿Y a ti?

—Oh, sí.

Ella pensó qué vida tan diferente la de él.

Salvatore, detrás de ella le puso las manos en los hombros.

—¿Qué pasa? Tienes los hombros tensos —murmuró Salvatore—. Es como si estuvieras a kilómetros de distancia.

No sabía él lo lejos que estaba de todo aquello, pensó ella.

—Ahora estoy aquí —respondió.

Pero él notó algo por detrás del deseo que había surgido entre ellos.

¿Le reprochaba algo ella? ¿O era su sentimiento de culpa que le hacía ver aquello en ella?

¡Pero no tenía por qué sentir culpa!, se dijo.

Eran dos adultos que habían aceptado aquello sin mentiras. Y si Jessica era distinta a las mujeres sofisticadas con las que había salido él, ¿por qué no disfrutar de aquella diferencia?

Pero en el momento en que llevó la mano de Jessica a su cinturón deseó que fuera una de esas mujeres, con sus experimentadas manos. Que fuera alguien que no lo mirase con aquella mezcla de ternura y entusiasmo.

¿No se daba cuenta ella de que aquellos sentimientos eran una pérdida de tiempo y que no tendrían ningún efecto en él?

Su boca se endureció. Tendría que enseñarle cómo quería que se comportasen las mujeres con él.

Capítulo 10

TENEMOS que pensar en levantarnos...

Salvatore abrió los ojos perezosamente y bostezó.

—¿Por qué?

—Porque... Porque llevamos todo el día en la cama. No hemos hecho otra cosa.

Él sonrió.

—¿Y qué tiene de malo eso, *mia cara*? En la cama podemos hablar, dormir, comer, y por supuesto, hacer el amor. ¿Se te ocurre algún sitio donde preferirías estar?

Jessica lo miró a los ojos.

—Bueno, no, dicho así...

—Entonces, ¿cuál es el problema?

El problema era que Jessica sentía que se estaba haciendo adicta a Salvatore y no veía cómo podía quitarse aquella adicción. Los días que pasaban uno en brazos del otro no hacían más que intensificar su percepción de ellos dos como una unidad, los dos en su pequeño mundo. Y dos meses de ser la querida de Salvatore sólo habían acrecentado su deseo por él.

—No puedo pensar con claridad cuando me acaricias de ese modo.

–Entonces, no pienses. Siente sencillamente. ¿Y a que está bien, Jessica?

–Sabes que sí...

Él le hizo el amor lentamente, generosamente. Ella no ocultó su placer. Cada vez que él le daba placer ella se comportaba como si le acabase de dar un preciado regalo.

Jessica era la amante más dulce que había conocido.

Él le besó la punta de la nariz y la miró a los ojos. Tenía las mejillas encendidas y su cabello brillaba extendido en la almohada. Sus labios entreabiertos parecían querer siempre que la besara. Sus ganas lo habían cautivado de un modo inesperado.

–No te has acostado con muchos hombres...

Jessica se quedó petrificada. ¿Era aquello una crítica? ¿Que lo había decepcionado de algún modo? ¿Y por qué había salido con eso ahora?, se preguntó ella.

–¿Quieres decir que no soy buena?

Él agitó la cabeza.

–No he querido decir eso en absoluto.

–Entonces, ¿por qué lo dices?

–Es difícil decirlo con palabras –respondió él, acariciando su vientre–. Aprendes rápido y tienes ganas de complacerme, y sin embargo no eres como muchas mujeres, tan experimentadas que tratan el acto de hacer el amor como si estuvieran comiendo un plato, que primero hacen esto y luego aquello, ¿comprendes?

Jessica asintió.

–Creo que sí. Eso me hace consciente de que has estado con muchas mujeres.

Él sonrió.

–Probablemente con menos de las que imaginas, pero sí, por supuesto que ha habido mujeres. ¿Qué otra cosa puedes esperar, *mio tesoro* si tengo treinta y seis años?

–Supongo que tienes razón.

–¿Cuántos amantes? –preguntó él de repente.

Por un momento Jessica se quedó en blanco, sin saber qué quería decir.

–¿Cuántos amantes has tenido?

Ella hubiera querido decir que él no tenía derecho a preguntarle algo así, pero necesitaba redimirse a sí misma frente a los ojos que la enjuiciaban.

–Sólo uno.

Él achicó los ojos.

–¿Estabas enamorada de él?

Ella se encogió de hombros. Lo que había sentido por William era una pálida imitación de lo que sentía por Salvatore.

–Creí que lo estaba entonces.

–Ah. Es una pena que no esperases, que malgastaste tu inocencia en un hombre que ahora está en el pasado.

–¿Malgasté? –preguntó Jessica.

–Sí, por supuesto, *cara mia*.

Jessica contó hasta diez e intentó recordarse que él no cambiaría nunca. Era siciliano y no tenía sentido repetir aquella conversación insultante.

Y debía recordarse que aquello era un acuerdo

temporal, en el que no debía implicar sus emociones. Algo para lo que ya era tarde.

¿Adónde la iba a llevar aquello?

A ningún sitio.

Ella no dejaba de tener fantasías con él, pero a él seguro no le pasaba lo mismo. De hecho, se horrorizaría si hubiera sabido lo que pasaba por la mente de ella.

Jessica se estiró y vio cómo la miraba él.

–¿No has dicho algo de hacer la compra?

Era verdad, pero su comentario lo había tomado por sorpresa.

En el pasado él se había dejado convencer de que no le comprase ropa. ¿Lo habría hecho para convencerlo de que no le interesaba su dinero? ¿Y él se lo había creído?

–Sí, *cara*. Me encantaría elegir tu ropero –contestó.

A Jessica le pareció oír un tono de advertencia en su voz. Pero, ¿no era eso lo que él quería? ¿Vestirla como a una muñeca para que pudiera entrar en los salones más elegantes de Londres?

–¿No dijiste que había una cena la semana próxima a la que querías que fuese yo?

–Sí. Entonces, ¿por qué no te vistes y vamos a comprar algo?

Ella notó un tono extraño en su voz. Como si él acabase de descubrir su parte del trato, y lo sintiera algo inesperado.

Jessica se vistió nerviosamente.

¿Cómo iba a competir ella con todas esas mujeres que había habido en su pasado?

Salvatore la observó vestirse y se volvió a excitar. Era como si la viera por primera vez, como si le hubieran quitado una venda de los ojos. El modo tímido en que se movía para provocarlo, su gesto inocente...

–Ven aquí –dijo.

–Pero has dicho...

A pesar de la dureza de su tono y de sus ojos de deseo sin disimulo, ella no pudo resistirse. Ella era un objeto para Salvatore, y sin embargo no podía alejarse de él.

–Salvatore... –susurró–. Me acabo de vestir...

–Entonces quítate la ropa otra vez. ¿No has dicho que querías ropa nueva?

–Salvatore...

Parecía un juego erótico, pero había algo diferente.

Él se adentró en ella ferozmente. Y ella no pudo reprimir su placer. Juntos hicieron el amor salvajemente, y después de llegar a la cima del goce, él se derrumbó inmediatamente después que ella. Fue una satisfacción salvaje, animal.

Luego se quedaron tumbados uno al lado del otro, tratando de tomar aire. Y ella se dio cuenta de que él no la tenía apretada contra su pecho, ni la acariciaba como lo hacía habitualmente.

Qué extraño podía ser el sexo, pensó Jessica. A veces te podía hacer sentir tan cerca de alguien, y otras tan lejos...

Como en aquel momento.

Salvatore se levantó sin decir una palabra, y se dirigió a la ducha. Y ella se preguntó qué había sucedido.

Jessica se levantó y fue a otro de los baños de la casa para ducharse.

Se duchó y se vistió y cuando reapareció Salvatore la estaba esperando.

Aunque él tenía el mismo gesto contrariado, ella le rodeó el cuello y le dijo:

—Me he dado una ducha maravillosa.

Ella olía a violetas y jazmín, pensó él.

Él se decía que ahora que iban a ir de compras no habría nada que la parase, pero su gesto dulce le hacía sentirse menos seguro de sus conclusiones.

¿Por qué no darle el beneficio de la duda?

Después de todo, él había sido el que había sacado el tema de comprarle un nuevo vestuario. Y ella sinceramente no le había pedido ir a lugares caros... Jessica era poco común para su género. No aprovechaba todas las oportunidades para que la vieran con él. De hecho había rechazado ir con él a un encuentro con un miembro del gobierno italiano.

Pero probablemente hubiera sido también porque no tenía la ropa adecuada.

Bueno, eso se terminaría, se dijo él.

El coche los dejó en una de las galerías comerciales más exclusivas de la ciudad.

—¿En qué puedo servirlo, señor? —una mujer francesa salió a recibirlo en una tienda.

—Quiero comprarle ropa a mi novia —dijo él.

—¿Le interesa algo en particular?

—Todo.

La mujer empezó a llevar cosas.

Jessica se sintió un poco mareada por aquella expedición.

Aquello tenía una coreografía tan cuidada que parecía más una ópera que un día de compras. Y el momento en que a sus trajes se agregaron un liguero y unas medias fue cuando se sintió realmente como una querida.

Al final los ayudaron otros empleados a cargar las bolsas hasta el coche.

Jessica llevaba puesta parte de la ropa que habían comprado, un vestido de día en seda tejida que se movía al ritmo de sus pasos, y la ropa interior más sexy que había visto jamás.

Su antigua ropa estaba en una bolsa, olvidada totalmente.

Y Jessica no tenía claro si se sentía como una mariposa que salía de su capullo o un poco asustada por aquel cambio.

—Haré que el chófer te lleve a casa —dijo Salvatore—. Te veré el miércoles.

Ella no pudo reprimirse. Él acababa de gastarse una fortuna en ella, ¿y no la iba a ver en cuatro días?

—¿Esta noche no? —ella lo miró, decepcionada.

Pero Salvatore había tomado la decisión. Necesitaba aire. Necesitaba ponerla en su lugar en su vida y mostrarle que él era el jefe. Cerró los ojos al imaginarse las pequeñas prendas y sonrió.

—No, esta noche, no, *cara*. Tengo que hacer un viaje a Santa Bárbara, ¿no te lo he dicho?

No, no se lo había mencionado. ¿Y por qué iba a molestarse en decírselo? A las queridas no se les dispensaban esas cortesías que existían entre hombres y mujeres, ¿no?

Así que, «demuestra un poco de orgullo», se dijo.

—No, no me lo has dicho —dijo ella con dignidad.

Cuando el coche aparcó en su casa ella le sonrió.

—Gracias por toda la ropa —dijo fríamente.

Aunque la actitud de Salvatore le hacía tener ganas de dejarle todas las bolsas en el coche, se lo reprimió.

¿De qué le serviría eso?

Se inclinó y le dio un beso brevemente.

Sus labios estaban fríos, igual que su actitud, pensó él.

Aquello le hacía desearla más.

Tiró de ella y la apretó contra su cuerpo. Ahora estaba cubierta en cachemira y seda. ¿Una vez conseguido su objetivo había desaparecido su deseo y en su lugar le demostraba un cierto aburrimiento?, se preguntó él.

—Creo que he cambiado de parecer, *cara* —murmuró él—. Quizás te lleve a casa después de todo.

Su voz grave y su tono de promesa la estremeció.

Pero Jessica pensó que había algo más que el deseo en juego. Una cosa era que fuera una querida, y eso suponía estar a su disposición, y otra muy distinta que la tratase como una pieza que podía mover a su antojo en todo momento. Primero la apartaba, y luego quería tenerla.

Su atracción por él era poderosa. Pero, ¿cómo se sentiría ella si él la llevaba ahora a su casa? ¿No se sentiría usada a la mañana siguiente?

–Tienes que prepararte para el viaje –dijo ella, apartándose de él.

Él la miró achicando los ojos.

La observó agarrar su bolso, un accesorio que hacía juego con sus botas glamurosas. El dinero daba poder a la gente, reconoció él. Su limpiadora vestida con todo aquello era tan elegante como cualquier otra mujer podía serlo.

¿Debía insistir en que ella hiciera lo que él quería?, se preguntó Salvatore. ¿Debía besarla hasta que accediera?

Pero él vio la mirada de determinación en sus ojos grises, y suspiró.

Sería mejor dejar que ella disfrutase de su tonta victoria. Un día él se marcharía y ella se preguntaría cómo había podido rechazar una noche con él.

–Te veré la semana que viene –le dijo él.

Capítulo 11

EL TIMBRE sonó antes de lo acordado. Jessica se miró en el espejo. Todavía no estaba lista.

¡Salvatore había llegado antes! ¡Y él jamás lo hacía!

Colgado de la puerta de su ropero había un vestido de satén blanco tan hermoso que casi le daba miedo ponérselo.

Salvatore iba a recogerla directamente desde el aeropuerto. Ella había estado contando las horas para verlo, ¡y quería estar lo más guapa posible!

Había sido una semana horrible. La ausencia de Salvatore ponía de manifiesto lo aburrida y triste que era su vida y sus trabajos. Y eso tampoco era un aspecto positivo de la relación, ¿no?

Esperó oír su voz, pero no oyó nada, hasta que golpearon la puerta.

Cuando la abrió se encontró con Freya al otro lado.

—Tienes que firmar la entrega de un papel —le dijo—. ¡Qué vestido tan bonito, Jessica! —agregó.

—¿Un paquete? —preguntó Jessica, alisándose la falda del vestido distraídamente.

Caminó hacia el salón y se encontró con Willow conversando con el cartero.

Después de firmar la entrega, sus compañeras de piso la rodearon para saber de qué se trataba. Jessica abrió con manos temblorosas el sobre que contenía una pequeña caja.

—Es una caja —dijo.

—Eso es evidente, estúpida... Venga, ábrela.

Jessica desató la cinta verde y abrió la cajita. Las tres exclamaron al unísono.

—¡Oh, Dios!

—¡Jessica!

Jessica tragó saliva.

—Debe de haber un error.

—Lee la tarjeta a ver qué pone.

Sus dedos temblorosos sacaron la tarjeta del sobre:

—«No he encontrado ninguna piedra que haga juego con tus ojos, pero esto te irá bien con casi todo» —leyó—. Me imagino que no serán auténticos... —comentó Jessica.

Willow sacó la pulsera de la caja y la alzó hacia la luz con la habilidad de un entendido.

—Oh, son auténticos, te lo prometo, Jessica. ¿Qué diablos has hecho para que te compre esto?

Jessica se encogió y agarró la pulsera, un poco incómoda por las palabras de Willow. Aunque ella se había preguntado lo mismo.

Freya la miró con curiosidad.

—Debe valer una fortuna —dijo—. Será mejor que la asegures.

—¡Si no tengo ningún seguro!

–Bueno, es hora de que contrates uno, sobre todo si van a empezar a llegar más cosas como ésta.

Jessica se puso la pulsera y la miró. Reflejaba la luz. Era hermosa.

Pero no comprendía por qué se la había comprado Salvatore, aparte de porque quisiera que la llevara puesta aquella noche como complemento a un vestido caro.

¿O era un regalo de despedida?

Aquel temor había estado siempre presente.

Rápidamente se la quitó y la guardó, en el mismo momento en que sonó el timbre.

–Normalmente envía a su chófer –dijo Willow mientras Jessica metía la caja en el bolso y recogía su chal y un bolso con su ropa de trabajo y su cepillo de dientes.

Pero aquella noche él no había enviado a su chófer. Salvatore estaba allí, en el umbral de su casa, más atractivo que nunca.

Llevaba un esmoquin negro con una pajarita, un atuendo que destacaba su altura, sus piernas fuertes, sus hombros anchos.

Freya no lo conocía, y cuando Jessica se lo presentó, notó la expresión anonadada de su compañera de piso.

Salvatore miró a Jessica. El satén blanco cubría sus curvas como si fuera crema, dándole un aspecto caro y casi irreconocible. Él sintió una tensión familiar. Aquélla era una Jessica que no había visto nunca, una Jessica que él había ayudado a crear con su dinero.

–Estás hermosa, *cara* –dijo él suavemente cuando estaban en el coche–. Pero, ¿por qué no llevas la pulsera que te regalé?

Jessica sabía que nunca sería hermosa, pero reconocía que el vestido blanco realzaba su figura.

Sacó la caja de su bolso y la abrió.

–Es preciosa. ¿Es un préstamo?

–Por supuesto que no. Es un regalo que te hago. Póntela.

–Pero no es mi cumpleaños, Salvatore, y aunque lo fuera, no podría aceptar algo tan valioso. Gracias, pero no puedo aceptarlo.

Él miró su cara. ¡Aquello era otro juego! Quería hacerle creer que a ella no le interesaba el dinero. ¡Con el único propósito de garantizarle otro regalo incluso más caro!

Pero la expresión de Jessica era de determinación y había un gesto de orgullo en sus ojos.

–No quiero que la rechaces. Quiero que la uses esta noche –dijo él sacando la pulsera de la caja.

–Pero no es...

–No más peros. Escúchame, Jessica. Yo soy un hombre rico, y me complace comprarte diamantes –Salvatore le clavó la mirada–. No vas a negarle a tu Salvatore ese placer, ¿no?

Ella se dijo que el «tu Salvatore», había sido un desliz. Él no era «su Salvatore», del mismo modo que ella no era «su Jessica».

Pero en el fondo quería aceptar su regalo. La halagaba.

–Supongo... Dicho así...

Salvatore sonrió y le puso la pulsera. ¿No decían que toda mujer tiene un precio?

–Úsala por mí, y luego bésame y dime cuánto me has echado de menos.

Ella lo besó y le susurró sinceramente:

–Te he echado de menos.

Mientras se besaban la mente de Jessica daba vueltas. Él la había puesto en una situación incómoda. Por un lado le había hecho aceptar su regalo, pero al hacerlo ella había sentido que había traspasado una línea invisible y que se había vendido en cierto modo.

Y de pronto vio claramente en qué se había convertido. Ella estaba allí para calentar su cama cuando él la deseara, y para mostrarla con lujosa ropa y joyas caras para que pareciera que pertenecía a su mundo, cuando en realidad no pertenecía a él.

Ella no era más que una impostora. Una mujer de la limpieza que fingía ser la pareja de un millonario. Una limpiadora que se había enamorado de él en el algún momento del proceso.

Se había enamorado de él...

–¿Tienes frío? –preguntó Salvatore al verla temblar.

–Un poco. Este vestido no cubre mucho.

–Ése es su atractivo –comentó él.

El coche se detuvo frente al Museo de Historia Natural, y Jessica miró sorprendida.

–No me digas que vamos a cenar aquí...

–Sí. Alquilan el edificio para eventos corporativos o caritativos.

Habían transformado el lugar en un sitio elegante y lujoso.

Pero aquella noche Jessica no podía librarse del sentimiento de que ella no pertenecía a aquel mundo, de que en el coche de Salvatore estaba su bolso con su ropa de trabajo, que pertenecía a un mundo que estaba a años luz de aquél del vestido de satén que llevaba puesto.

La mesa de ellos estaba en un extremo del salón. Se hicieron las presentaciones, y un hombre que le resultó familiar le dio la mano a Salvatore.

–¡No esperaba verte tan pronto! –exclamó el hombre. Luego advirtió la presencia de Jessica y agregó–: Salvatore y yo nos vimos en Santa Bárbara esta semana –le explicó mientras se sentaban–. Hola, encantado de conocerte. Yo soy Jeremy, por cierto.

Jessica asintió, recordando al hombre que había conocido hacía un tiempo, con el que había hablado de pesca, y quien había sido tan amable con ella aquella primera cena en que ella había fingido ser la pareja de Salvatore.

Aquello la relajó un poco. Por lo menos conocía a alguien allí.

–Nos hemos visto antes –sonrió ella–. Yo soy Jessica, ¿te acuerdas?

–No creo...

–En casa de Garth y Amy, en la casa de Kensington...

Jeremy pareció darse cuenta. Pero luego puso cara de confusión.

–Sí, me preguntaste por la pesca. Pero... ¿Qué te ha sucedido?

Jessica lo miró, sorprendida.

–¿A qué te refieres?

Jeremy agitó la cabeza.

–Oh, a nada. Sólo que tenías un aspecto diferente –Jeremy agarró la copa de vino como para cambiar de tema–. Llevas una pulsera espectacular, realmente.

Jessica hizo el esfuerzo por comer, pero internamente sentía un nudo en el estómago. Jeremy no podía haberlo dejado más claro, a pesar de sus intentos de ser diplomático: la mujer con la que había conversado aquella noche, aquélla que le había caído tan bien, se había desvanecido.

Y en su lugar había una nueva mujer, una creada por Salvatore.

Sin saber cómo, Jessica aguantó el interminable número de platos y un sorteo para el que al parecer Salvatore había donado una estancia en una mansión siciliana con todos los gastos pagados. En una pantalla se exhibieron imágenes de un lugar de inimaginable belleza con limoneros, playas increíbles y pueblos antiguos rodeados de montañas.

Jessica miró a Salvatore y vio su expresión de satisfacción.

¿Estaría imaginando su regreso a la isla cuando se casara con una siciliana virgen?

Ella sintió tristeza, preguntándose si entonces se acordaría de Jessica Martin, o si ella era solamente una de tantas queridas anónimas, todas intercambiables, con su ropa cara y sus joyas.

Cuando se marcharon en la limusina, Salvatore comentó:

—Estabas muy callada, Jessica.

—¿Sí?

—¿Por alguna razón en particular?

—No, la verdad...

—¿Quizás te ha decepcionado que Jeremy estuviera menos sensible a tus encantos?

Él era más perceptivo de lo que parecía, pero se equivocaba totalmente.

—No me ha reconocido...

Salvatore acarició la seda de su vestido.

—Eso es bueno, ¿no? ¿No era ésa la idea de un nuevo ropero? ¿Que te diera un aspecto totalmente diferente?

—¿Era ésa la idea?

Ella se sintió como una flor de campo que la hubieran trasplantado a una lujosa maceta, quitándole su fragancia y su frescura.

—Por supuesto. Sería ingenuo pensar que tu experiencia conmigo no deja marca alguna en ti, Jessica.

Ella se sentía como si se hubiera vendido, y le dio la impresión de que Jeremy lo había notado en cierto modo.

Pero, ¿qué sentido tenía decírselo a Salvatore?

Él acababa de llegar de un viaje largo. No debía tener ganas de oír nada que tuviera que ver con la inseguridad que sentía ella. Y decírselo no cambiaría nada.

Las queridas supuestamente no se involucraban

emocionalmente, ¿no? Ésa era la regla número uno. Y ella la había roto, pensó.

–Oh, hubiera sido agradable estar contigo a solas –dijo Jessica.

–¿Agradable? Venga, piensa en otra palabra que describa mejor la sensación, *mio tesoro*...

Jessica cerró los ojos, tragó saliva y dijo:

–Increíble. Habría sido increíble tenerte todo para mí. ¿Así está mejor?

–Mucho mejor –él le tocó un pecho.

–Y... ¿cómo estaba Santa Bárbara?

–Oh, fría. Llena de gente. Era predecible.

Y llena de mujeres atractivas que no habían perdido el tiempo en querer seducirlo, pensó él.

Pero curiosamente él había echado de menos a Jessica, a pesar de su cabezonería el día antes de que él se marchase. No había echado de menos sólo el sexo, algo que siempre disfrutaba con ella. Había echado de menos su compañía, lo relajado que se encontraba con ella. Su habilidad para escucharlo, y su rechazo a decir lo que se esperaba de ella simplemente por su posición social inferior.

Él había notado su ausencia y eso lo había alertado del peligro. Porque echar de menos a alguien era como admitir cierta dependencia de esa persona. Y él no dependía de nadie.

Salvatore pasó su mano por el cabello de Jessica.

–¿Me has echado de menos? –preguntó.

–Sí.

–¿Cuánto?

Ella hubiera deseado aferrarse a él, abrazarlo y llenarle la cara de besos.

Pero las queridas no hacían eso tampoco.

Él le había comprado el vestido y los diamantes... Ella sabía qué se esperaba de ella exactamente.

Jessica le tocó el muslo y le hizo cosquillas con las uñas y contestó:

—Mucho...

Lo oyó gruñir.

—Mmm... Hazlo otra vez —contestó él.

Apenas pudieron llegar a la puerta de entrada. Sus labios y sus manos se movían frenéticamente.

Una vez dentro, Salvatore le quitó el vestido de satén con la maestría de un hombre que pela un plátano.

La poseyó contra la pared, de forma salvaje y urgente. Sus gemidos de placer lo excitaron más, y lo animaron a entrar en ella.

Pero luego Jessica se sintió como si la hubieran sacudido. No sólo por el encuentro apasionado entre ellos, sino por saber cuánto iba a echarlo de menos.

Apenas durmieron. Ella se preguntó si la ausencia hacía que el sexo se hiciera más intenso de lo normal entre ellos. Como si se hubiera desplazado hacia otra dimensión.

¿O eran imaginaciones suyas?

Tal vez era una fantasía ocasionada porque ella se había enamorado de un hombre que estaba fuera de su alcance.

Bueno, enamorarse de Salvatore era tan insensato como zambullirse en el mar desde un acantilado sin saber nadar.

Así que no podía culpar a nadie más que a sí misma.

—Ha sido una noche inigualable.

—Sí —respondió ella y tragó saliva.

—Hagámoslo otra vez esta noche. Tengo una reunión fuera de Londres por la tarde, junto al río, ven conmigo, y luego cenaremos juntos. Podemos quedarnos a dormir allí si quieres. Hay un hermoso hotel... —él sonrió—. Podemos levantarnos por la mañana en el campo, y cambiar de aires.

—Salvatore, no puedo...

Su invitación había sido un poco improvisada, pero su rechazo inmediato lo irritaba.

—¿No puedes?

—No, lo siento. Me lo has dicho con muy poco tiempo de antelación.

De pronto él se enfadó, con ella y consigo mismo, y no sabía por qué.

—Jessica, creí que ya habíamos aclarado las reglas básicas. Ya hemos pasado ese estadio, *cara*. Y si crees que rechazándome como una virgen de dieciséis años vas a hacerte más deseable, te equivocas.

Jessica se puso rígida. No sólo ignoraba él su vida real, la que suponía un trabajo y un salario para pagar su renta, sino que la acusaba de manipulación emocional. Y eso le dolía.

¿No había aprendido nada sobre ella en el tiempo que llevaban juntos? No, por supuesto que no.

Él no estaba interesado en saber nada sobre ella como mujer.

El hecho de que se mostrase apasionado haciendo el amor con ella por la noche no significaba nada, ¿no? La ternura con la que la abrazaba no tenía nada que ver con sus sentimientos, ¿verdad?

No había cambiado nada. Excepto los sentimientos de ella.

«Así que detenlo ya», se dijo.

—Esta noche tengo que hacer mi trabajo —dijo ella—. Limpiar tu oficina. ¿No lo recuerdas, Salvatore? Así es como nos conocimos.

Hubo una pausa.

—Bueno, te absuelvo de la responsabilidad. Déjalo. No lo hagas. ¡Por el amor de Dios, puedes faltar una noche!

—No puedo hacer eso.

—Puedes y lo harás. Yo soy el director de esa maldita empresa, Jessica, ¡y lo que digo se hace!

Ella agitó la cabeza, aferrándose a la última porción de independencia que le quedaba.

—Pero yo no trabajo para ti, Salvatore. Yo trabajo para Top Kleen, la agencia, y no les gustará nada que acostumbre a faltar al trabajo. Primero, se preguntarán por qué me da el día libre el jefe, y es mejor que no lo sepan, ¿no? Y luego... —hizo una pausa y respiró profundamente—. Y luego está el tema del dinero... Necesito ese dinero, Salvatore, es por eso que hago ese trabajo.

Salvatore sonrió. Aquél era un idioma que podía entender. Sacó su cartera y sacó un manojo de billetes y se los mostró.

–¿Cuánto necesitas? –preguntó.

Jessica se puso colorada de rabia e incomodidad.

–Eso no es lo que he querido decir. No quiero tu dinero.

–Oh, por Dios, no es para tanto –dijo Salvatore–. Quiero tu compañía. No quiero que limpies la oficina. Si eres capaz de dejar a un lado tus sentimientos, verás que es lógico lo que te ofrezco. Es lógico. Yo tengo dinero más que suficiente y tú no. Así que, toma el maldito dinero, Jessica.

Ella agitó la cabeza.

–Por favor, Jessica.

Fue el «por favor» lo que lo logró.

¿Quién podía negarle nada a Salvatore si lo pedía así?

Jessica asintió.

–¿Lo vas a aceptar?

El asunto era que ella veía la lógica de sus palabras, pero no dejaba de hacerla sentir mal, atrapada en una situación que no le gustaba. Y que le resultaba humillante.

Con dedos temblorosos ella caminó hacia él y agarró dos billetes, y agitó la cabeza cuando él le ofreció todo el manojo. Ella aceptaría sólo lo que habría ganado esa noche.

–Jessica...

–Te veré más tarde –dijo Jessica.

Le dio un beso suave en los labios, se dio la vuelta y se marchó.

Fuera estaba lloviendo, pero ella ni se dio cuenta de que el autobús que pasó le salpicó las piernas.

En la oficina sacó un café de la máquina expendedora y luego intentó concentrarse en el trabajo. Había una gran cantidad de correos electrónicos acumulados.

A los dos minutos de empezar a trabajar sonó el teléfono.

Llamaban del hospital, la llamada parecía poner todos sus problemas en perspectiva.

Capítulo 12

SU ABUELA se pondrá bien, señorita Martin. Es el shock sobre todo...

Jessica asintió. Tenía los ojos llenos de lágrimas mientras sujetaba la mano de su abuela pensando lo pálida y pequeña se la veía allí, tumbada en la cama del hospital.

Pero suponía que eso era lo que pasaba cuando alguien que uno pensaba que era indestructible sufría un problema.

Por primera vez pensó que su abuela estaba haciéndose vieja. Que nada se quedaba como estaba.

–Gracias, doctor. Se lo agradezco –dijo Jessica mirando al traumatólogo cirujano.

–Es una paciente muy interesante –sonrió el médico.

Después de que se fuera el cirujano, Jessica miró a su abuela con una mezcla de amor e impaciencia.

–¡No deberías haber bailado salsa! –exclamó–. ¡A tu edad, no!

Su abuela sonrió.

–Oh, ¡maldita sea, Jessica! No puedo hacer caso de todo lo que se supone que no tengo que hacer. Siempre me ha gustado bailar, como sabes. Fue mi compañero el que me hizo caer –levantó la muñeca cubierta de escayola–. El problema es que se trata de mi muñeca derecha. No puedo agarrar nada. Tendré que pedirle a alguien que me haga la compra.

Jessica asintió.

–Y alguien que te haga la limpieza –agregó, pensando cómo podía ayudar.

Podía quedarse allí aquella noche, tendría que hacerlo. Acababa de llamar a Salvatore a la oficina, algo que no hacía nunca, para decirle que estaría fuera.

–¿Qué sucede? –le había preguntado.

–Mi abuela se ha roto la muñeca, pero está bien.

–Eso está bien –respondió él distraídamente.

Jessica oyó el rumor de voces de fondo y los timbres de los teléfonos sonando, y comprendió que él no estaba interesado realmente en sus problemas familiares.

El asunto era que en el trabajo no le darían días indefinidos para cuidar a su abuela.

–Tenemos que buscar a alguien para que venga a ayudarte –dijo Jessica a su abuela.

–Pero eso es muy caro, Jessica. Todo el mundo lo dice. No tenemos... –dijo su abuela.

–Oh, sí, tenemos. No te preocupes por nada. Ya lo arreglaré.

Jessica sabía exactamente qué iba a hacer, aunque no le gustaba la idea. Tenía la pulsera en su bolso. La llevaba siempre consigo, por miedo a dejar algo tan valioso en su casa.

Era curioso, pero la idea de deshacerse de ella en cierto modo era un alivio. Representaba mucho y nada a la vez. No se la habían regalado por amor, sino como algo que valía mucho dinero. Su precio era su valor. Así que, ¿por qué iba a conservarla si representaba aquello que jamás tendría de Salvatore?

La cantidad que le ofreció el joyero fue ridículamente alta.

—Es una pieza fabulosa —comentó el hombre mientras la miraba con la lupa.

Pareció sorprendido cuando Jessica aceptó la suma de dinero sin discusión. Pero ella no sabía nada de diamantes. Necesitaba dinero, rápido.

—He arreglado para que vengan a ayudarte dos veces al día —le dijo a su abuela cuando ya estaban en la pequeña casa donde Jessica había pasado la mayor parte de la infancia—. Alguien que te haga la colada, cocine o te haga la compra, o lo que quieras. No tienes más que decírselo.

—¡Dios! ¡Tendré que fracturarme la muñeca más a menudo! —exclamó su abuela.

—¡Ni se te ocurra!

Jessica estaba agotada. Le resultaba extraño dormir en su pequeña cama aquella noche, en la habitación de atrás, frente al manzano. Había un gran silencio en la noche, y el pueblo, que siempre le había parecido demasiado tranquilo y sin vida, en aquel momento le resultaba relajante, como un bálsamo para sus pensamientos.

Jessica se despertó la mañana siguiente con el canto de los pájaros. Y mientras estaba en la cama se preguntó si había hecho bien en marcharse a Londres en busca de una vida mejor.

¿Había conseguido algo?

Había conseguido vivir en una casa que no estaba mal, en su trabajo en la oficina había posibilidades de promoción... Y sí, tenía un amante increíble, pero esa parte era sólo temporal.

Dejó a su abuela jugando a las cartas con una vecina y volvió a Londres, donde estaba trabajando en su escritorio a la hora del almuerzo.

Cada tanto miraba su bolso, donde tenía el dinero que le habían dado por los diamantes. Tenía que ir a meterlo en el banco. Y tal vez decirle a Salvatore lo que había hecho. Aunque no estaba segura.

Sería como decirle que necesitaba su dinero para mantener su forma de vida, tal vez. O quizás él pudiera tomarlo como una indirecta para que le diera más.

Después de todo, a Salvatore no le importaba si ella usaba las joyas. Lo que le importaba era el gesto de regalárselas, y al parecer, debía regalarle diamantes a su amante.

Aquella noche lo abrazó como si hubiera pasado un año sin verlo, en lugar de una sola noche, y él se rió y la besó.

–¿Me has echado de menos?

–Sí.

–¿Cómo está tu abuela?

–Bien.

La llevó a pasar una noche a París, donde se hospedaron en un hotel impresionante en la Place de la Concorde. Compraron lencería fina en una pequeña tienda de la Avenue Montaigne, y Jessica insistió en dar un paseo en un barco por el Sena. Salvatore se rió y la acusó de hacerlo sentir como un turista.

–¡Pero si somos turistas! –contestó ella–. Y además, nunca te he visto tan relajado.

Era verdad, pensó él mientras hacían la cola en el Musée d'Orsay. Hacía años que no hacía una cola, y por una vez en su vida se sintió completamente libre.

Pasearon por el mercado Flea y Jessica se quedó mirando una piedra en un puesto.

–Mira, es exactamente del color del Sena.

Salvatore frunció el ceño. ¿Estaba sugiriendo que le hiciera otro regalo? Pero no querría aquel colgante tan barato y vulgar, ¿no?

–¿Dónde está tu pulsera? –preguntó Salvatore durante la cena mientras le ofrecía una ostra.

Jessica se puso tensa. No podía arruinar aquel momento tan perfecto con una realidad como aquélla.

–La dejé en casa –mintió.

El lunes ella aceptó la dulce presión de Salvatore de que no fuera a trabajar para ir a un Festival con él.

El martes corrió a ver a su abuela después del trabajo. Su abuela se estaba acostumbrando fácilmente a su nueva vida ociosa, al parecer.

El miércoles había llegado tarde a Cardini porque Salvatore le había dicho que tenía una reunión hasta tarde y que ella no podía aparecerse entre sus colegas con su mono y su pañuelo de limpiadora.

Pero cuando entró en la oficina, ésta no estaba

vacía. No vio a su amante siciliano, y en su lugar se encontró con su supervisora, esperándola.

–Tal vez puedas darme una explicación.

No había explicación que pudiera satisfacer a la persona más razonable, y su supervisora no tenía precisamente una expresión de persona razonable.

Al parecer había muchas quejas contra ella.

–¡Se ha expandido como el fuego! ¡Una miembro de Top Kleen teniendo una aventura con el director de la empresa! ¡Jamás he oído algo así! –le dijo la mujer.

Cuando la vino a buscar la limusina de Salvatore ella se hubiera reído a carcajadas. La limpiadora a la que acababan de echar era recogida por la limusina del jefe; ironías de la vida.

Y en el momento en que el coche se dirigió hacia Chelsea ella empezó a sentir que su vida estaba siendo desmantelada pieza a pieza.

Cuando entró en el apartamento de Salvatore, éste estaba hablando por teléfono y le hizo señas hacia la bandeja de las bebidas.

Ella lo hubiera abrazado y besado hasta hartarse, y le hubiera contado el episodio con la agresiva supervisora, pero el papel de hombre que consuela no era el suyo.

Así que colgó su abrigo y se sirvió una bebida mientras esperaba que terminase de hablar.

Cuando él terminó la saludó:

–*Ciao, bella.*

–¿Una llamada importante?

–Un negocio con el Lejano Oriente... –luego la miró y dijo–: Me preguntaba por qué has querido que el coche te recoja tan temprano... ¿Estás enferma, *cara*?

–No, no estoy enferma. Me han echado del trabajo, en realidad. Me han echado de mi trabajo de la limpieza.

–¿Por qué exactamente? –él frunció el ceño.

–Comportamiento no profesional es el término que usaron. La agencia se enteró de que... Bueno, de lo nuestro, Salvatore. Creen que mi aventura contigo me ha hecho abusar de mi puesto de trabajo, y en cierto modo tienen razón. Lo siento si tu reputación sufre las consecuencias de esto...

–¿Crees que cualquier cosa puede dañar mi reputación? –dijo él después de una pausa–. ¿O que necesito la opinión de otros para decidir cómo quiero vivir mi vida? –su mirada se endureció–. ¿Quieres que te diga una cosa? Me alegro de que hayas perdido ese trabajo, Jessica. Te quita mucho tiempo. Un tiempo que deberías haber pasado conmigo.

Ella lo miró sin poder creerlo.

–¡Por supuesto! ¡Era mi trabajo! No lo hacía para divertirme, ¿sabes?

–Lo sé. Lo hacías por dinero, pero el dinero no es problema, *cara*. Ya te lo dije el otro día. Así que, por favor, ¿podríamos dejar de fingir y aceptar ese hecho?

Por supuesto que se sentía tentada. ¿Quién no lo habría hecho cuando él la estaba tocando de aquel modo?

Pero algo le advertía que no tomara el camino más fácil.

Se había sentido degradada cuando había aceptado aquellos billetes de su cartera. Recordó la pulsera de diamantes y la mentira que había tenido que decirle... Porque sabía que se volvería loco si sabía la verdad.

—No voy a aceptar más dinero de ti. Ya he aceptado bastante.

—Insisto.

—Puedes insistir lo que quieras, Salvatore, pero no lo voy a aceptar.

Él la estudió un momento, y vio que hablaba seriamente. Y aunque no le gustaba que sus deseos no se vieran satisfechos, ¿no era admirable en ella que hubiera rechazado su ofrecimiento?

Ella era una mujer orgullosa y obstinada, pensó él, con una sonrisa.

Aunque era absurdo, en cierto modo le gustaba que mantuviera su independencia.

Pero ya estaba bien. Ella había dado su opinión, y ahora él daría la suya.

—Rechaza mi dinero, si quieres. Pero yo no quiero que consigas otro trabajo a tiempo parcial. No mientras estés conmigo. ¿Lo has comprendido?

¡Qué formidable sonaba él en aquel momento!

Un sentimiento de rebeldía le hizo sentir ganas de decirle que él no tenía derecho a dictarle los términos de su vida. Pero al mirarlo a los ojos y ver su brillo, pensó que tal vez tuviera derecho.

Porque, ¿no era otra función de la querida estar siempre disponible?

Ella apoyó la cabeza en su hombro y cerró los ojos. Y de pronto no le importó si él dictaba las normas de su vida. Porque allí era donde más deseaba estar, en sus brazos.

En cierto modo era una locura que ella limpiase oficinas, forzándola a cancelar citas y dejar a un lado a su amante millonario. Podía arreglárselas sin un empleo adicional, al menos hasta que terminase la aventura.

—¿Está claro, Jessica? —repitió él.

Jessica se acurrucó en el cuerpo de Salvatore con un suspiro, lo miró y dijo:

—De acuerdo. Sólo por esta vez te dejaré insistir.

Pero en el momento en que Salvatore la miró, él sintió algo extraño en su interior. Y en aquel momento se sintió perplejo.

Agitó la cabeza, como si pudiera sacudirse la sensación.

Él no quería sentir, y con ella, menos. No hasta que no supiera que era el momento y que era la mujer adecuada, y aquella mujer no lo era.

—Me alegro de que esté claro —dijo—. De ahora en adelante, tú estarás disponible cuando te necesite. ¿Comprendido?

Jessica asintió.

—Lo que sucede es que me gustaría contribuir más —agregó ella.

—Oh, tú contribuyes de un modo muy imaginativo, *cara* —él le agarró el trasero y empezó a levantarle la falda.

—¡Salvatore! —exclamó ella.

Pero su deseo fue ensombrecido por la verdad de las palabras de Salvatore. Que el sexo era su contribución, y eso era todo lo que quería él. Todo lo que necesitaba de ella.

Así que sería mejor que ella desmantelase todas sus fantasías.

Y se entregase al calor del beso que él le dio.

Luego la llevó a la cama.

Y aquella noche Salvatore soñó con Sicilia.

¿Qué quería decir eso? ¿Que su tiempo en Inglaterra había terminado? ¿Que tal vez debería volver a su isla natal y buscar una mujer para tener hijos, como siempre lo había planeado?

La figura que tenía al lado se movió.

–¿No puedes dormir? –murmuró Jessica y le acarició los hombros automáticamente.

Los músculos de Salvatore se relajaron al sentir su tacto.

–No.

–¿Puedo ayudarte?

–Puedes intentarlo –y él hizo un ruido entre gemido y risa cuando ella empezó a tocarlo.

Aquella vez el placer fue infinito, pero la intensidad del orgasmo lo tomó por sorpresa.

¿Cómo diablos podía ser tan bueno alguien con tan poca experiencia?, se preguntó él.

Porque ella era apasionada, se dijo.

Al día siguiente hablaría con su primo Vicenzo sobre su regreso a Sicilia, y mientras le compraría a Jessica otra joya. Algo más grande aquella vez. Quizás compensaría la indignidad de ser despedida de su trabajo por tener una relación con él.

Algo para que lo recordase.

Al día siguiente se metió en la página del minorista de diamantes. Le gustaban los diamantes, y éstos eran siempre una inversión.

Miró página a página, y encontró algo que llamó su atención, algo totalmente inesperado.

Achicó los ojos, sin poder creerlo.

No podía haber error. Sintió el aguijón de la decepción.

Y disolvió todas sus dudas en un instante.

Sonrió, pero fue una sonrisa cruel y dura.

Porque aquello era algo que comprendía mejor que ninguna otra cosa.

Ella era una mujer interesada, después de todo.

Agarró el teléfono, marcó su número y dijo:

—¿Jessica? ¿Puedes venir a mi apartamento ahora mismo?

Capítulo 13

JESSICA llegó rápidamente. Estaba lloviendo y tenía el pelo mojado, lo que lo hacía brillar como una joya, pensó Salvatore con cinismo.

Llevaba un abrigo elegante y una falda de cuero que se ajustaba a sus curvas como una segunda piel.

¡Cómo se había adaptado a su nueva vida de lujo, su amante limpiadora!, pensó Salvatore.

Cuando se quitó el abrigo mostró un jersey de seda. También llevaba medias y unos tacones de aguja. Se había transformado en lo que era: el juguete de un hombre rico, pensó él.

Se preguntaba cómo se tomaría que le dijera que no habría más regalos ni vida de lujos.

Pero le daría una última oportunidad de redimirse a sí misma.

–Estás hermosa –dijo él suavemente, mientras le quitaba el abrigo y lo colgaba.

–¿Sí? –preguntó ella–. Parecías... ¿Está todo bien? Parecía algo urgente cuando me llamaste por teléfono...

–¿Sí? Siéntate. ¿Quieres una copa?

–No. No, gracias.

–Esa ropa te queda estupenda, *cara*. Pero te

falta algo que la embellezca. ¿Por qué no te pones nunca la pulsera de diamantes que te regalé? ¿No te gusta?

Jessica se rió, nerviosa. Daba igual que la hubiera vendido por una buena causa. Él pensaría que lo único que le interesaba era sacar algo de él.

—Oh, me encanta. De hecho, me gusta tanto que la he dejado en un lugar seguro, ¿y sabes lo que ocurre cuando haces eso? —lo miró y descubrió la frialdad de sus ojos—. ¿Qué dirías si te digo que no la puedo encontrar?

Salvatore estaba furioso.

—¡Diría que eres una mentirosa y una farsante! —exclamó él, incapaz de mantener la representación.

—Quieres decir... ¿Que lo has descubierto? —preguntó ella.

—¿Que has vendido el regalo que te hice en cuanto has podido? Sí, Jessica, lo he descubierto. ¿No te has dado cuenta de que una pieza de esa calidad llegaría siempre al mejor vendedor? ¿Cuánto sacaste por ella?

—Salvatore, por favor...

—¡Oh, por favor no actúes como si la sola mención del dinero fuera algo desagradable para ti, cuando esto no ha sido más que una transacción que querías capitalizar desde el principio! ¡Venga...! ¿Cuánto? ¿Nueve? ¿Diez?

Ella agitó la cabeza.

—No, la mitad.

—O sea que no sólo la has vendido, sino que lo has hecho por una cantidad ridícula —Salvatore se rió sin humor–. Claramente, nunca has hecho esto antes...

–¡Por supuesto que no!

Pero internamente Salvatore sabía que no había un «por supuesto».

Su error había sido pensar que Jessica era diferente.

–¿Por qué lo hiciste? –preguntó–. Adelante, dímelo, estoy intrigado.

Ella vio su expresión de resignación, y aquello fue peor que la acusación de antes, como si hubiera estado esperando algo así desde el principio. Y ella tuvo que contener las lágrimas.

Por un lado lo habría mandado al diablo por pensar lo peor de ella. Aquélla era la visión de Salvatore de las mujeres: ¡Sólo las vírgenes merecían casarse, y todas las otras mujeres eran interesadas, avariciosas, y despreciables!

Bueno, se enteraría de que ella no lo era.

–¡La vendí para pagarle una asistenta a mi abuela porque se ha roto una muñeca, y tiene que hacer reposo!

Él se rió cínicamente.

–¡Qué dulce! ¿Como Caperucita Roja quizás? ¿Robando en el bosque con tu cesta para tu abuelita? ¿No eres un poco mayor para pensar que voy a creerte?

Jessica lo miró, agitando la cabeza, sin poder creerlo.

¿Cómo había podido creer que amaba a un hombre con aquella visión de la vida?

–¡Dios mío! ¡No se me había ocurrido antes! No

debe de ser fácil ser Salvatore Cardini, ¿no? ¡Todas las riquezas y el poder del mundo no pueden cambiar la desconfianza básica en la naturaleza humana!

–Una desconfianza que acabas de probar que está fundada –respondió él–. Si querías ayudar a tu abuela, ¿por qué no me lo has dicho? ¿Por qué no has venido y me has explicado lo que ha sucedido? ¿Soy un ogro tal que no te atreves a hacer eso, Jessica? Eso es lo que habría hecho una mujer normalmente.

–¡Me juzgas si lo hago y si no lo hago también! ¡Creía que estabas harto de que la gente quisiera algo de ti siempre! Ésa es la razón principal por la que no te lo pedí –dijo ella con rabia y pena al mismo tiempo.

Hizo una pausa. Luego siguió:

–Según tú, yo soy una mujer avariciosa e interesada, ¿no, Salvatore? Me has obligado a aceptar una pulsera que yo no quería especialmente... Supuestamente porque eso complacía un cierto «código» de las queridas... ¡No sabía que eso traía aparejado ciertas especificaciones de lo que podía y no podía hacer con ella! ¡Supongo que si me hubieras regalado perfume habrías incluido una lista de las ocasiones en que tendría derecho a usarlo!

–Creo que tenemos una relación que te da derecho a pedirme ayuda para tu familia.

–¿Derecho? –Jessica se habría reído de no ser porque estaba tan enfadada–. Tú hablas de relaciones y derecho, pero las relaciones suponen el compartir y el querer al otro y tener una relación de igual a igual. ¡Y tú no sabes lo que es eso! Es posible que tengas mucho dinero y poder, ¡pero no sabes realmente lo que es la vida! De hecho, ¡eres un robot más que un hombre!

—¿Eso crees?

Aquel insulto hizo que su rabia se transformase en otra cosa. Él tiró de ella y la apretó contra sus caderas.

—¿Quieres que te demuestre lo hombre que soy?

Su arrogante actitud debía de provocarle rechazo, pero Jessica reaccionó con deseo, aunque su mente y su corazón no estuvieran de acuerdo.

—No —respondió ella.

Él relajó su mano.

Notó la decepción en los ojos de Jessica y se rió forzadamente.

—El lobo feroz que toma el placer cuando quiere... —dijo y levantó su barbilla con un dedo—. Pero tú también lo quieres, ¿no?

Ella bajó la mirada.

—Sí, me deseas locamente. Siempre lo has hecho y siempre lo harás —dijo él.

Y él también la deseaba. Y sus mentiras eran una coartada perfecta para alejarse sin pena, sin las lágrimas y escenas que había imaginado.

Pero él no quería marcharse.

Todavía, no.

No hasta que la fiebre que ella evocaba en su sangre se hubiera desvanecido del todo.

—Jessica —dijo y rozó sus labios con los de él.

El repentino cambio de humor la tomó por sorpresa.

Y su beso evocó una ternura que ella había estado deseando secretamente. Y él lo sabía. Conocía sus debilidades. Él sabía lo que querían las mujeres porque era un hombre inteligente que había tenido muchas mujeres. Con ella estaba jugando, se dijo Jessica. Jugando como un gato lo hace con un ratón antes de matarlo.

Debía detenerlo.

Ella se movió tratando de soltarse. Pero aquello produjo el efecto contrario.

—No te resistas sólo por resistirte, cuando tú quieres esto tanto como yo.

Aquellas palabras no hicieron más que excitarla más.

Ella se había mostrado como una mentirosa, había vendido su costoso regalo en secreto, daba igual la causa por lo que lo había hecho, ¿no la describía aquello como una mujer barata?

No habría nada que pudiera redimirla a los ojos de Salvatore, así que ella no tenía nada que perder. Nada.

—¿Quién está resistiéndose? —preguntó ella mientras empezaba a desabrocharle la camisa.

Siguió con la tarea de desnudarlo.

—¡Jessica! —exclamó él.

Pero ella siguió.

Sin poder apenas respirar por la excitación, él la observó quitarse la ropa con un movimiento fluido, y tirarla a un lado.

Ahora lo único que llevaba puesto era un sujetador de encaje, unas braguitas y un liguero con medias.

Salvatore la observó con la boca seca quitarse las braguitas y tirarlas junto al resto. Y él sabía exactamente lo que iba a hacer. Ponerse encima de él y...

—Jessica, *Dio*... —exclamó mientras ella se ponía a horcajadas encima de él y lo inundaba el placer.

Ella era la amante más dulce que un hombre podía tener, dispuesta siempre a aprender.

Pero generalmente ella se ceñía a la experiencia de él, quien llevaba la voz cantante en la cama.

Pero aquella vez, no.

—¿Qué estás haciendo? —preguntó él.

—¿No lo sabes? —preguntó ella haciéndose la inocente.

Pero la verdad era que no lo sabía.

Lo único que sabía era que él la podía excitar casi inmediatamente.

Y aquello le recordó lo temporal que era ella en su vida.

Así que, ¿por qué no ocupar el lugar que él quería?

¿Por qué no representar el papel de querida solícita y dejarle aquel recuerdo?

—¡*Donna seducente*! —exclamó él.

—¿Qué quiere decir eso?

—¡Bruja!

—¿Sí?

—Sí, sí...

Al menos el piropo le demostró que la seducción estaba funcionando bien, aunque aquella Jessica no era exactamente ella, quien había perdido el corazón por aquel siciliano sin sentimientos.

Ella representaba el papel de una tentadora de verdad, una mujer cómoda en su piel, que sabía cómo complacer a un hombre.

Jessica dejó los ojos cerrados mientras galopaba encima de él, por miedo a ver la expresión de Salvatore y saber lo que quería decir. Y por temor a que él adivinara sus sentimientos.

Porque él no quería su amor.

Él gimió otra vez y ella aumentó el ritmo. Aquello era todo lo que él quería, se recordó ella.

–¡Jessica!

Jessica abrió los ojos cuando los primeros espasmos empezaron a apoderarse de ella, y los ojos de ambos se encontraron en la cima del placer.

–Jessica –dijo otra vez él, mientras se estremecía dentro de ella.

Después ella se derrumbó encima de su pecho mientras él la rodeaba con sus brazos.

Después de la pasión era fácil olvidarse de qué había originado aquello.

Jessica se había dado cuenta en aquella oportunidad de lo transitorio que era aquello, y de lo mucho que sufriría cuando se terminase.

Se restregó los ojos para reprimir unas lágrimas a punto de escaparse...

Hubiera querido aferrarse a aquel momento para siempre. Aferrarse a aquel hombre para siempre.

–¿Jessica?

–¿Sí, Salvatore?

–No me vuelvas a mentir –respondió él agarrándose a sus caderas, y rodando con ella hasta quedar encima.

–Pero pensé...

–¿Qué piensas, *cara mia*? ¿Que sería incapaz de perdonarte?

–Bueno, sí.

Él disfrutó de su confusión; la saboreó.

–Al contrario, te perdono. Todos merecemos una segunda oportunidad –le acarició el sujetador que ella no se había molestado en quitar–. Y ésta ha sido una representación demasiado buena como para no repetirla.

–¿Representación? –preguntó ella–. ¿Se supone que es un cumplido eso?

–Es la verdad. Y ahora vayamos a la cama para empezar otra vez.

Capítulo 14

PERO la idea de perdón de Salvatore no era la misma que la de ella, al parecer.

Salvatore había decidido no terminar su relación con ella. Pero algo había cambiado entre ellos, y era la actitud de Salvatore con ella.

Antes ella había visto atisbos del hombre que había detrás de la armadura. Y cada vez que lo había visto lo había sentido como una pequeña victoria.

Pero ya no.

La comodidad y relajación que ella había empezado a sentir con él había desaparecido. Era imposible penetrar el hielo que había en el interior de Salvatore.

Y mientras que el sexo con él era bueno como siempre, Salvatore parecía querer demostrar un calculado repertorio de habilidades sexuales.

¿Querría hacerla sufrir?

¿Intentaba demostrarte el terrible vacío que dejaría en su vida cuando se marchase?

Atrás había quedado el relajado fin de semana en París... Hasta se había encontrado añorando las conversaciones que había tenido con él cuando ella era sólo la mujer de la limpieza de su oficina, cuando le pedía consejo, y hasta la escuchaba. Aquello era intimidad de verdad. Más que usar las elegantes prendas que le compraba él y dejar luego que se las quitase.

El teléfono sonó y Jessica saltó a atenderlo, aunque llevaba una hora esperando que él llamase. Aquellos días sentía que su vida era una espera. Algunas veces quedaban en verse con antelación, pero otras, como aquella noche, dependía del humor de Salvatore, de lo tarde que terminase una reunión...

—Hola —dijo ella.

—¿Jessica?

—Hola, Salvatore —ella intentó parecer segura—. ¿Qué... Qué tal la reunión?

—Aburrida. La verdad es que no quiero hablar de ella —Salvatore reprimió un bostezo—. ¿Puedes estar lista en una hora para ir a cenar?

—Creí que habías dicho que te apetecía una noche en casa...

—¿Eso dije? Lo siento, he cambiado de plan. Un amigo mío ha venido inesperadamente a Londres con su novia y quiere que nos veamos. Y he pensado que a ella le apetecería una compañía femenina.

¿Qué podía decir? ¿Que le encantaba la idea de conocer a sus amigos?

Porque aquello había sido más una orden que una invitación.

—Sí, por supuesto —dijo ella.

Salvatore envió un coche a recogerla.

Cuando Jessica entró en el restaurante Salvatore

estaba ya sentado con los invitados, y se puso de pie para saludarla.

Como siempre, su corazón dio un vuelco cuando lo vio.

–*Ciao* –dijo Salvatore–. Te presento a Giovanni y a Maria –agregó–. Ésta es Jessica.

–Hola –dijo Jessica, preguntándose qué habría dicho Salvatore sobre ella.

Giovanni Amato era un poderoso siciliano y su novia una mujer muy dulce, pero los tres hablaban italiano casi todo el tiempo, y cuando pasaban al inglés, Jessica conversaba con torpeza.

Se sentía como un marciano, totalmente fuera de lugar.

Por momentos se preguntaba qué diablos estaba haciendo allí. Al menos Giovanni y Maria parecían una pareja de verdad, mientras que ella se sentía un objeto que se ponía y se quitaba al antojo de Salvatore.

Ella no era nada para Salvatore, pensó.

Sólo estaba allí para que hubiera dos hombres y dos mujeres y para satisfacer su apetito sexual cuando terminase la velada.

En el viaje a Chelsea Jessica habló poco.

Salvatore la miró.

–Estás muy callada esta noche, *cara* –observó.

–¿Sí?

Él levantó la mano de ella, bellamente arreglada y sin la aspereza de la época en que limpiaba su oficina.

¿Estaría callada por alguna razón?

Si era así, tal vez fuera el momento de ablandarla con un regalo. Otra pieza de joyería, tal vez. O tal vez fuera mejor darle dinero en efectivo. ¡Eso le ahorraría la molestia de venderla!

–Sabes que estás callada. Quizás estés cansada –observó él.

Levantó su mano y besó las puntas de sus dedos una a una.

–No, no estoy cansada.

Las queridas no podían estar cansadas, ¿no?

Pero cuando el coche paró frente al apartamento de Salvatore ella supo que no podía seguir adelante con aquello.

Se debía un respeto a sí misma.

Había estado mal desde el principio, y el tiempo sólo lo hacía más evidente.

El episodio de la pulsera sólo lo había acelerado.

Si no salía de aquel enredo en aquel momento, más tarde sería peor, porque él rompería totalmente su corazón.

Tenía que salir de aquello cuando todavía tuviera la posibilidad de recuperarse.

Tenía que decírselo.

Pero no hasta la mañana. Quería una noche más en la gloria de sus brazos...

–¿Qué sucede, *cara*?

Como sabía que aquélla sería la última noche con él hubiera querido abrazarlo y besarlo como nunca había podido hacerlo.

Pero como no podía hacerlo, lo haría del único modo que él estaba dispuesto a permitírselo.

Ella lo miró.

–Quiero... que vayamos a la cama.

–¿Sí? –él notó su cuerpo estremecido de deseo–. Yo, también.

En cierto modo, era el mejor y el peor adiós.

Esa noche tendría a Salvatore como siempre lo recordaría, en su faceta más apasionada y tierna. Pero era sólo sexo, se dijo ella.

No significaba nada.

Al día siguiente, se despertó temprano y se duchó. Se vistió y recogió sus cosas.

Cuando fue a la cocina se encontró con que Salvatore también estaba despierto y vestido, bebiendo café y leyendo unos papeles.

Automáticamente le sirvió un café a ella y se lo dio.

Ella le sonrió, agradecida.

Aquélla era una escena falsa, una intimidad fingida.

Ella agarró la taza, pero sus dedos estaban temblando.

Lo miró y dijo:

–Salvatore, quiero hablar contigo.

–¿No puede esperar? –sus dedos hojearon los papeles legales–. Tengo reuniones todo el día y quiero leer esto primero.

Ella tragó saliva, pero agitó la cabeza.

–Me temo que no puede esperar.

Él la miró con impaciencia. Luego se relajó.

–¿Qué sucede, Jessica?

–Sólo quería que supieras que no voy... –se pasó la lengua por los labios–. Que no voy a verte más.

Por un momento, él pensó que no había oído bien, pero la expresión tensa en el rostro de Jessica le indicó que no se equivocaba.

–Sigue... –dijo él sin reaccionar.

–Y sólo quería decirte que he disfrutado de ser tu querida, bueno, casi todo el tiempo.

Salvatore dejó los papeles.

–¿Y eso es todo?

Ella asintió.

–Eso es todo.

–¿Quieres decirme por qué?

Por lo menos se había molestado en preguntarle por qué, pensó ella.

Pero intuía que un hombre que desconfiaba tanto de los sentimientos y del compromiso realmente no querría saber todas las idas y venidas que la habían llevado a aquella decisión.

¿Le importaría que ella le dijera que se sentía un objeto? ¿Que estaba enamorada de él y que temía que se le rompiese el corazón si dejaba que la relación siguiera hasta que él la terminase?

No, por supuesto que él no querría saberlo.

–Simplemente creo que nuestra relación ha agotado su curso.

Hubo un largo y tenso silencio antes de que él lo interrumpiese:

–No va a funcionar, lo sabes –dijo él con tono de amenaza, mirándola a los ojos.

¿No se daba cuenta ella que era él quien siempre terminaba una relación? ¿Que él era quien tenía el control?

–¿Qué es lo que no funcionará?

–Si este gesto tuyo es un ultimátum para que me comprometa contigo, Jessica, para que tengas una alianza en el dedo, pierdes el tiempo. Lo han intentado en el pasado, y no ha funcionado. Y no funcionará esta vez. No me inclino ante la presión, ni en la junta directiva ni en el dormitorio. Nunca lo he hecho.

Ella lo miró, horrorizada.

–¡No es un gesto, Salvatore! ¡Es real! Y tampoco es un ultimátum. Es algo que he estado pensando desde hace tiempo, y tu reacción me hace preguntar por qué he tardado tanto.

Él se levantó de su asiento y se acercó a ella con una mirada que ella no había visto nunca, con una rabia que despedía fuego.

–No cambiaré de parecer –dijo él.

–No espero que lo hagas... No quiero que lo hagas.

Al oír aquello, Salvatore se quedó inmóvil. Luego sonrió burlonamente.

–¡Oh! ¿No quieres que cambie de opinión?

–No.

Ella debía haberlo anticipado. Debía haber imaginado lo que iba a hacer él.

Pero no se dio cuenta hasta que sintió el impacto de su cuerpo.

Iba a besarla. Y sabía por qué.

No tenía nada que ver con el afecto.

Era una marca de posesión, una marca que estropearía cualquier otra relación con otro hombre.

Y ella, que lo amaba aunque acabase de terminar la relación con él, añoraba aquel beso, a pesar de temerlo.

Sus labios estaban duros y hambrientos.

La dejó sin aire totalmente.

Luego la soltó y se alejó para salir de la habitación.

Cuando estaba al lado de la puerta se dio la vuelta para mirarla.

Y entonces ella vio a un Salvatore distinto.

—Recoge todas tus cosas de aquí. Y deja la llave cuando te vayas.

Ella se quedó quieta hasta que él se marchó dando un portazo.

Fue entonces cuando dejó que sus lágrimas cayeran sin misericordia.

Capítulo 15

SALVATORE debería de haberse sentido contento.

Liberado de una relación que había empezado a parecerle un poco traicionera.

Liberado de una relación con una pequeña ambiciosa de clase baja que había sobreestimado su poder sobre él.

Sus negocios en Londres iban viento en popa y su calendario social estaba lleno. Sí, debía sentirse feliz.

Entonces, ¿qué lo preocupaba?

¿Qué le producía aquella desazón?

¿Qué le hacía estar recordando aquellos ojos grises y aquellos labios rosa y aquel pelo brillante extendido en la almohada?

«¡Maldita sea!», pensó.

Firmó un papel más y lo puso en la pila. Luego se lo dio a la secretaria con gesto contrariado.

Sabía que estaba de mal humor, y que lo llevaba con él a la oficina. Pero no podía refrenarse.

Y tampoco podía saber exactamente cuál era la causa de su descontento.

Para un hombre que estaba acostumbrado a tener la solución de todo de forma fácil, aquello lo desconcertaba.

¿Era porque Jessica había sido la que había terminado la relación?

Miró por la ventana.

Probablemente, porque él era quien tenía el control siempre. Quizás fuera porque semejante acción había herido su orgullo, y para un siciliano, el orgullo lo era todo.

Y quizás sobre todo era porque todavía quería hacer el amor con ella.

Porque la extraña magia sensual que ella había ejercido sobre el cuerpo de él todavía no había sido exorcizada.

¿Y qué iba a hacer con ello?

Se echó atrás en su silla y se pasó la mano por la mejilla de incipiente barba.

La respuesta era ridículamente fácil.

¿Por qué no la llevaba a su cama por una noche y le recordaba lo que ella seguramente estaría echando de menos?

Sintió el deseo en su cuerpo.

Y para recordarle a él lo que había estado echando de menos también.

Salvatore se pasó la lengua por los labios. Tenerla gimiendo, satisfecha una vez más en sus brazos, debajo de él...

¿No lo ayudaría a quitársela de la cabeza de una vez por todas?

¿Dándole la posibilidad de abandonarla él y olvidarse de ella?

Levantó el teléfono y marcó su número.

Le sorprendió su poco entusiasmo cuando contestó.

Sus ex amantes saltaban de alegría si él se dignaba a llamarlas nuevamente. Jessica debería haber tenido un tono más bien de gratitud al oírlo otra vez.

Una vez que se saludaron educadamente ella fue directa.

—¿En qué puedo ayudarte, Salvatore? —preguntó.

¡Salvatore notó un tono en su voz como si la estuviera molestando!

—¿Te acuerdas de la salida que teníamos planeada hacer a la ópera? Bueno, te apetecía tanto que he decidido que aún podríamos hacerlo...

Jessica se miró en el espejo de su casa de Shepherd's Bush. Estaba muy pálida, y temblaba de rabia al oír su arrogante suposición. Porque concentrarse en ello era más fácil que concentrarse en lo mucho que lo echaba de menos, en cómo se le aceleraba el corazón con sólo oír su voz.

—No puedo hacerlo.

—¿Por qué no?

Ella le hubiera preguntado si estaba loco.

¿No sabía lo doloroso que era estar separada de él, aunque ella se dijera una y otra vez que él era un ser egocéntrico y tirano?

No, por supuesto que no se daba cuenta. Darse cuenta de ello requería un poco de sensibilidad, cierta ternura, y sentimientos.

Y Salvatore no tenía nada de eso.

—Porque está fuera de lugar. Puesto que ya no somos una pareja.

Por un momento él pensó que ella debía estar

jugando un juego, representando el papel de alguien reacio a lo que le proponía antes de aceptar ir con él, puesto que ambos sabían que eso era lo que ella quería.

Pero a su comentario no siguió más que silencio.

−¿Estás bromeando?

−No, Salvatore, no estoy bromeando.

¡Él se encontró en la extraña posición de tratar de convencer a una mujer de salir con él!

−Pero es una producción famosa en el mundo entero...

−Nadie niega eso.

−Y tú te morías de ganas de verla.

No tanto, pensó ella.

−Estoy segura de que encontrarás a otra persona que quiera acompañarte −dijo ella.

−¿Y a ti no te importa eso? −preguntó él−. ¿Que yo lleve a otra mujer?

−Da igual lo que yo sienta acerca de eso.

−Bueno, te sugiero que te lo pienses. Y que me lo digas.

Pero para sorpresa de Salvatore ella no lo hizo. No lo llamó ni le envió un mensaje de texto. Ni un correo electrónico ni una visita inesperada, para decirle que se había precipitado en su respuesta, y que por supuesto, le encantaría ir a la ópera con él.

Confundido, Salvatore pidió que le enviaran un vestido a su casa, junto con un collar de diamantes, algo que la tentaría.

Luego se sentó a esperar que ella llamase por teléfono.

Pero no reaccionó como él esperaba.

¿Por qué estaba tan enfadada?

–Salvatore, ¿por qué has enviado estos regalos? –preguntó ella, furiosa, cuando lo llamó.

–¿No te gustan?

Jessica miró el vestido rojo. Tenía un color precioso y estaba confeccionado en la seda más suave del mundo, pero ella no se había atrevido ni a probárselo. El collar de diamantes era todavía más impresionante.

Ella tragó saliva.

¿Pensaba él que podía comprarla con aquellos ostentosos regalos?

–¿Por qué? –repitió Jessica.

Ella estaba jugando con fuego. Porque sabía exactamente por qué él había enviado aquellos regalos.

–Son algo para ablandarte, *cara* –respondió él–. Llévalos a la ópera. Te quedarán preciosos.

Por supuesto que ella quería usarlos. Pero a ella le gustaban porque los había enviado él, no por lo que valían. Del mismo modo que quería verlo a él y no ver la maldita ópera.

Pero ella no se arriesgaría a perder su seguridad emocional poniéndose en una situación vulnerable con un hombre que no la amaba.

–Déjame que te lo repita, Salvatore: No voy a ir a la ópera contigo.

Furioso, Salvatore repiqueteó sus dedos contra su muslo.

–¿Qué hay que hacer para convencerte, Jessica? –preguntó–. ¿Quieres esmeraldas? ¿O un diamante del tamaño de Gibraltar?

Todavía no lo comprendía, ¿no?, pensó ella.

—¡No se me puede comprar! —exclamó Jessica—. ¡No estoy a la venta!

Era la primera vez que una mujer le colgaba, y Salvatore se quedó mirando el auricular, sorprendido.

¡Le había colgado!

Salvatore fue al club y nadó hasta la hora de la cena que tenía con un rico jeque, pero todo el tiempo su mente volvía a Jessica y a la feroz determinación que él había oído en su voz.

¿Realmente hablaba en serio?

Era posible.

Se encontró recordando el viaje a París, antes de descubrir que había vendido la pulsera... Había sido un fin de semana perfecto. Y sin embargo, recordaba que él había querido pensar mal de ella.

Pero Jessica había vendido la pulsera para cuidar a su abuela, ¿no? Eso lo sabía.

¿Y eso la transformaba en una buena persona o en una mala persona?

Salvatore frunció el ceño.

Y había algo más, algo que anidaba en su memoria.

Por consejo de su secretaria, él había pasado la tarde en el mercado de Camdem, un mercado hippy lleno de gente, no el tipo de lugar que frecuentaba él. Y la verdad era que no había sabido bien qué estaba buscando hasta que lo encontró.

Más tarde aquella noche fue a la casa de Jessica.

Abrió la puerta la chica alta que tenía nombre de árbol.

Lo miró con sorpresa cuando lo vio, y se llevó una mano al cabello para arreglárselo un poco.

–¡Oh, hola!

–Vengo a ver a Jessica.

–Iré a llamarla.

Salvatore oyó el sonido de voces apagadas y su boca se torció. Si Jessica pensaba que iba salirse con la suya y no lo iba a ver, se equivocaba. Tiraría abajo la puerta de su habitación.

Pero de pronto ella estaba frente a él, pequeña, frágil, con un par de vaqueros viejos y un suéter igual de desgastado.

–Hola, Salvatore –dijo serenamente–. ¿Qué... qué quieres?

Estaba pálida, y sus ojos grises parecían enormes. Lo miró solemnemente. Su mirada no era nada cálida.

Salvatore achicó los ojos.

–¿Puedo entrar?

Ella hubiera dicho que no, y le habría cerrado la puerta en la cara. Pero por otra parte habría tirado de él y lo hubiera abrazado, para sentir el cuerpo que tanto había añorado desde la última vez que lo había tenido.

Pero su rostro no expresó nada de esto.

–Por supuesto –contestó.

Salvatore pasó al salón en el que había estado en otra visita a Jessica.

Jessica lo miró, expectante.

–¿En qué puedo servirte, Salvatore?

No era fácil disculparse para un hombre que nunca había tenido que hacerlo.

–Me doy cuenta de que te he ofendido –dijo.

Ella se preguntó qué incidente tendría él en mente, pero se calló.

–Que enviarte el vestido y los diamantes fue un gesto poco elegante –Salvatore se rió forzadamente–. Aunque probablemente seas la única mujer que lo piense... –sacó torpemente una cajita del bolsillo y se la dio–. Así que quiero que aceptes esto en su lugar.

Ella se quedó mirando la caja. Todavía no lo comprendía él, ¿verdad?

–No lo quiero –dijo Jessica.

–Acéptalo, por favor.

El tono de su voz hizo que fuera imposible rechazarlo.

Reacia, Jessica agarró la cajita y la abrió.

No fue el brillo de una joya valiosa lo que vio, sino una piedra que colgaba de una cadena de plata. Era gris con un cierto brillo, y era del color del río. Aquello le trajo el recuerdo de la piedra que había visto en París. Pero sobre todo, tocó su corazón.

Ella sintió un nudo en la garganta, y unas ganas tremendas de llorar. Pero se las reprimió. Porque aquello no significaba nada. Era otro objeto, otro regalo, una moneda de cambio con la que Salvatore quería comprarla.

–Recuerdo que dijiste que te gustaban las piedras como ésta –dijo Salvatore. Y en ese momento se sintió como un adolescente inseguro, algo que jamás había tenido que ser–. Que te recordaban al Sena...

Por un momento, Jessica no pudo hablar. Se quedó mirando la piedra. Sólo asintió.

–Sí. Se... Se parecen –Jessica lo miró–. Pero, ¿por qué lo has comprado?

Las facciones de Salvatore se hicieron más duras. Ella debía saber por qué.

–Porque quiero tenerte en mi vida nuevamente.

Jessica miró la cara que amaba a pesar de todo. El comienzo de una sonrisa se dibujó en los labios de Salvatore, porque seguramente esperaba una respuesta que quería oír.

Y, ¡Dios!, qué fácil habría sido decir que sí. Caer en sus brazos con la tonta esperanza que su corazón era incapaz de reprimir, pensó ella.

Pero, ¿qué sentido tenía?

Lo único que haría sería abrir más la herida. Volver a lo que habían dejado, una aventura que se iría marchitando y muriendo lentamente, y que se convertiría en un recuerdo agridulce.

Jessica agitó la cabeza.

–No puedo –susurró ella–. Sencillamente, no puedo.

–¿No?

–No estoy dispuesta a seguir siendo tu querida, Salvatore. Sencillamente, no puedo hacerlo más.

Él la miró.

–¿Por qué?

¿Quería que se lo dijera para ganársela con palabras o con besos? ¿O porque no comprendía?

Tal vez no lo comprendía.

Salvatore se había pasado la vida con mujeres que le daban exactamente lo que él quería, así que posiblemente no se le hubiera ocurrido que las mujeres tenían necesidades también.

—Porque la aventura ha agotado su curso —dijo ella—. Ha pasado la fecha de caducidad. Ya no me resulta divertida. Me resulta sucia. Y no estoy dispuesta a seguir siendo tu querida —Jessica se encogió de hombros con tristeza—. Se me ha quedado chico ese papel en tu vida. Tienes que buscarte un reemplazo.

Mientras él miraba sus labios temblorosos y sus ojos brillantes le estaba sucediendo algo. Se estaba apoderando de él un sentimiento abrumador que cristalizó en una certeza: él no quería un reemplazo. Y tuvo claro que allí había una mujer que le daba felicidad a su corazón y a su sangre. Que lo estaba haciendo luchar por ella. Una mujer por la que merecía la pena pelear.

«Así que, lucha, Cardini», se dijo.

—Pero nadie puede reemplazarte, Jessica —dijo él urgentemente—. Ninguna otra mujer me hace sentir del modo que lo haces tú. ¡Es tan maravilloso tenerte en mi vida! Nada es igual sin ti —él vio cómo sus labios se entreabrían, quizás para objetar. Y él agitó la cabeza y agregó—: Sé que no quieres ser más mi querida. Pero yo no quiero que lo seas. Veo que a ti no te importan las cosas que puedo comprar con mi dinero, que yo he actuado como un estúpido en esto. Que he sido un novato. Pero es que lo soy. Ya ves, jamás me he enamorado antes, Jessica. Tengo el corazón lleno de amor, *cara*. Y quiero que te cases conmigo... Es decir, si tú me amas también.

Hubo una pausa. Luego ella contestó:

–Sabes que te amo.

–Ah, Jessica, ven a mis brazos... –dijo él con ternura.

Jessica pensó que debía estar llorando, pero todo era tan confuso, que también se estaba riendo de felicidad cuando fue hacia él.

Salvatore la abrazó fuertemente y acarició su cabello.

–Créeme que te amo –susurró él antes de besarla–. Y déjame demostrarte cuánto...

Epílogo

¿Y TU ABUELA está contenta?

Bajo el sol siciliano, Jessica sonrió a Salvatore mientras observaban la fiesta familiar.

Era el cumpleaños de su sobrino Gino, quien cumplía tres años, y el nivel de ruido había ido en aumento toda la tarde. Pero pronto cortarían la tarta y entonces el ritmo empezaría a aquietarse.

Varias generaciones de Cardini estaban jugando a un juego de mesa, y la abuela de Jessica parecía tener una aptitud natural para él. Sus oponentes no podían creerlo.

Jessica rodeó la cintura de Salvatore. Su corazón estaba tan lleno de felicidad que parecía a punto de estallar.

—Oh, *caro,* a ella le encanta. ¡Y yo que pensé que no abandonaría Inglaterra!

—¿Para venir a Sicilia? —preguntó Salvatore—. ¿Y quién en su sano juicio desaprovecharía una oportunidad de vivir en un sitio como éste?

Tenía razón, pensó ella.

La vida era tan perfecta allí, que Jessica a veces pensaba que en algún momento se despertaría.

Pero aquello no era un sueño. Era su realidad.

Salvatore se había casado con ella en una ceremonia sencilla en una hermosa iglesia de Trapani. El coro había cantado para ellos, y la iglesia había estado adornada con las mismas flores que había llevado ella en su tocado.

Cuando Salvatore le había propuesto casarse con él y mudarse a Sicilia, Jessica le había dicho que se sentía mal por abandonar a su abuela en Inglaterra.

–Sé que Sicilia está a pocas horas de avión, pero aun así, yo soy la única familia que tiene, y...

–Pero tu abuela puede venir con nosotros –le había dicho él–. En Sicilia la familia lo es todo, y cada miembro tiene su valor y su lugar.

Sobre todo las esposas, pensó ella, aún con la pasión y la ternura fresca con la que Salvatore la había despertado aquella mañana. Para ser un hombre a quien le costaba expresar su amor, Salvatore parecía estar expresando todo lo que no había podido expresar antes.

El complejo de los Cardini era enorme. La familia tenía propiedades en todas partes de la isla. Había sitio de sobra para que todos estuvieran juntos, pero resguardando su intimidad e independencia. Porque el espacio era importante también.

Su abuela había formado un estrecho lazo con el pequeño Gino, lo que era algo bueno probablemente, puesto que su madre inglesa, Emma, estaba esperando un segundo bebé.

Salvatore había convencido a su primo Giacomo de que no comprase el hotel Phuket, y le había ofrecido su puesto de director en Londres, puesto que él había decidido residir en Sicilia con su esposa.

Y Jessica estaba aprendiendo italiano, o mejor dicho, estaba aprendiendo a hablar siciliano, ya que, como le decían, eran dos cosas diferentes.

De hecho, en aquel paraíso terrenal, con Salvatore a su lado, ella estaba aprendiendo todo lo más importante de la vida.

Pero sobre todo sobre el amor.

Bianca™

Sólo iba ser una aventura; hasta que Penny anunció que estaba embarazada...

La niñera Penny Keeling sabe que trabajar para el atractivo y reservado Stephano Lorenzetti no será tarea fácil; pero está dispuesta a hacerlo por el bien de la niña de él.

Y tiene el mismo empeño en no enamorarse de su atractivo jefe... ¡Ella ya ha sufrido en el amor!

Bajo el tórrido sol italiano, Stephano la seduce, y ella no puede evitar rendirse a él.

Tórrida pasión

Margaret Mayo

Acepte 2 de nuestras mejores novelas de amor GRATIS

¡Y reciba un regalo sorpresa!

Deseo™

Completamente mía

Katherine Garbera

Dominic Moretti sabía que podía despedir a su secretaria. Estaba seguro de que tenía derecho a hacerlo, pero se dio cuenta de que lo que realmente quería era hacerle pagar.

Era consciente de que la venganza no era un sentimiento muy noble, pero aquella mujer le había robado y no sabía por qué. Había confiado en ella por completo y, durante todo el tiempo en el que había estado luchando contra su atracción por ella, Angelina había estado confabulada con su enemigo. Pero tenía la sartén por el mango y podía hacer con ella lo que quisiera, y lo que deseaba era conseguir que fuera totalmente suya.

¿Qué iba a hacer con Angelina?

¡YA EN TU PUNTO DE VENTA!

Bianca™

Ella está embarazada… ¡y él tomará lo que por derecho le corresponde!

En el sensual calor de Río y de su carnaval, Ellie sucumbe a los encantos de su jefe, Diogo Serrador. Pero una vez le roba su virginidad, el multimillonario brasileño no quiere nada más con ella… ¡hasta que descubre que está embarazada!

Diogo no se conformará con menos que convertir a Ellie en su esposa. Su matrimonio es apasionado durante las noches, pero vacío durante el día. Ella se percata de que se encuentra en una situación imposible; el oscuro pasado de Diogo ha helado su corazón, pero ella se ha enamorado de su esposo…

Pasión en Río de Janeiro

Jennie Lucas